LE BAL DES PAPILLONS

Paru dans Le Livre de Poche :

L'ÂME SEULE

HERVÉ VILARD

Le Bal des papillons

FAYARD

ISBN : 978-2-253-12590-7 – 1re publication LGF

Cet ouvrage a été réalisé
avec la collaboration de Jean-François Kervéan.

À Laurent Bonelli.

Quand le bonheur en fait trop, je me sens menacé. À Cannes, le vent ronge les cyprès et moi je cavale. Sans cesse je vais, je viens, j'espère. Je suis devenu pressé. Pas question d'être en retard quand on est au hit-parade. Sur ma peau, le soleil m'accompagne. Le soleil c'est quelqu'un.

Ce matin, au café de la Gare, j'ai entendu ma voix gueuler dans le juke-box. Ma voix. Même le mécanicien de la rue de l'Ombre monte à fond son transistor pour siffler *Capri c'est fini*. Ils sifflotent tous ma chanson. Je traîne dans toutes les mains, sur toutes les lèvres, je suis à tout le monde et j'aime ça. Dommage qu'on ne puisse pas serrer le succès dans ses bras. Il y a quelque chose de moi dans cet été-là.

Je traverse la Croisette poudrée de sable, étincelante sous les jets d'arrosage. L'air de la

Côte d'Azur écarte mes poumons, je cours en tongs le long des plages un œil sur les vagues. Parfois la Méditerranée m'inonde de sa mélancolie, la mer et la mélancolie c'est pareil, mais, maintenant, l'entrain balaie les choses mortes, et mon ombre recommence à courir dans l'été blanc brûlant.

Ici je ne suis plus seul. Quelqu'un s'occupe de moi, quelqu'un qui m'encourage, qui m'attend. Louis Nucera, grand Niçois à l'œil noir et aux épaules carrées, est l'attaché de presse de ma maison de disques Philips. C'est un homme de lettres aussi, homme de lettres ça vaut plus que général. Suzanne, sa femme, douce et brune comme lui, me sourit. Tous les deux s'aiment à la folie. Le bonheur est naturel près de ceux qui s'aiment. Quand il faut poser pour un photographe, ils me rassurent. Et si un journaliste devient insistant, Suzanne répond pour moi.

C'est pratique.

C'est l'été.

C'est mon tour.

Mon cœur ne se repose plus.

Pas simple d'enlacer par les hanches deux blondes en bikini au bord de la piscine du Carlton. Et puis la pudeur se dénoue sous les flashs. À force de faire semblant, cette vie-là devient vraie. Prendre une pose, c'est rien. Ma vérité n'est pas au bord des piscines, ma vérité c'est chanter. Parfois, comme un coup de vent, l'angoisse se pointe, mais non, elle passe, le ciel revient, si bleu, si fort, avec Louis, Suzanne et le mécanicien de la rue de l'Ombre qui monte son transistor à fond... Mes tongs claquent dans l'été 65. Clic-clac, nouvelle photo, me voilà riche au volant d'une MG de location.

Aujourd'hui un nuage tache le ciel de midi. « Pas grave, ça va passer », fait Louis. On déjeune sous la tonnelle avec un journaliste. Dans l'été d'un chanteur au hit, il faut absolument des journalistes.

– Alors comme ça vous êtes orphelin ? Je suis Michel Breton, me lance le pigiste de *Nice-Matin*.

Avant même que j'aie ouvert la bouche, je le vois prendre des notes. Qu'est-ce qu'ils peuvent bien noter, tous, à toute vitesse ? J'aime bien les journalistes, leur curiosité est comme un jeu sous la musique des plages.

– Mon passé est passé, monsieur. J'ai un père à qui je dois d'être là aujourd'hui.

– Ah oui, Daniel Cordier… Je le connais de réputation. Mais…

– Mais quoi ?

– N'éprouvez-vous pas le besoin de savoir qui sont vos véritables parents ? S'ils réapparaissaient, que feriez-vous maintenant que la gloire vous sourit ?

Habituellement, les journalistes glissent à la question suivante, celui-là me scrute.

– Je n'en sais rien.

– Mais si vous aviez le choix ? Répondez-moi franchement.

Mais si, mais quoi, mais non. Le vide que provoque cette question n'appartient qu'à moi. Sur la même chaise longue, Suzanne et Louis se caressent sans rien entendre. Je ne sais pas, je fixe la tête ronde du journaliste.

– Alors ?

– Je vous dis que je n'en sais rien, merde.

– Bon, bon… Avez-vous une petite amie, une fiancée ?

– Moi ? Je dors seul à l'hôtel de la Poste, mais je suis chouchou dans *Salut les copains*, il paraît que je plais aux filles. Si vous voulez tout savoir, c'est mon anniversaire, j'ai dix-neuf ans aujourd'hui. C'est trop jeune, non ?

– Le voilà, mon scoop. Souriez, on fait la une !

À table, immobile, j'attends de voir si les autres écaillent leurs langoustines. Tout respire la joie de vivre sous la tonnelle, sauf les yeux vifs de Michel Breton par-dessus les verres. Pas grave. J'ai confiance, les heures sont pleines de sable, la lumière tendre entre au fond de ma tête. Je la prends.

Le soir, à l'heure de flâner, quand l'air est safran et la côte bleu marine, j'aimerais bien faire l'amour. L'air chaud y fait penser. Un élan inavouable me pousse dans la foule, j'ai baissé la tête, timide, devant cette fille qui traînait ses talons en faisant la moue. Le clair de lune frappe une mer d'huile. Un garçon brun m'a suivi. Son regard est un aimant, il me plaît, il n'est pas beau. Mon pouls se met à battre, je ne sais pas draguer. Pourquoi je fuis ? Le garçon s'en va. Je ne suis plus rien. Ma bouche reste affamée, un chat court sous ma peau, je voudrais aimer violemment, me lier pour la vie dans un monde idéal.

C'est beau de Saint-Tropez à la baie des Anges, le monde gazouille, les passants font mon succès.

– On vous a entendu en Espagne, en Italie ! me rapportent des vacanciers.

Mon nez pèle. Sans cesse Suzanne et Louis me répètent de ne pas laisser passer ma chance. C'est quoi, la chance ? « Montre-toi », « Il faut qu'on te voie ».

La chance, c'est d'être vu.

Quand la fournaise des gens remplace celle du soleil, mille danseurs me poussent, me tirent, m'enroulent, ça me rince. Je m'imbibe de soirées azuréennes, ma chemise plaquée sur les côtes. Je suis un nouveau chanteur. Au club de Valbonne, le disc-jockey fait vibrer la musique bien avant minuit. Il m'a dit qu'on baisait dans la pinède, j'y pense en chantant mon tube pour une œuvre de charité avec les musiciens rassurants de Sacha Distel. Une chanson, et je quitte la scène, sans bras, sans jambes, d'un coup il faut habiter le vide. En moi, je sens une force fine comme une feuille de papier à rouler. Elle file entre les colonnes de marbre et vient hanter ceux qui l'écoutent. Sans être rien pour personne, on peut toucher les gens. Je le sais maintenant. Ils m'aiment quand je chante, quand ma voix gueule vers le sommet des pins. Poings serrés, je braille et je m'arrache.

Gaiement ils ont crié « une autre, une autre », faute de quoi j'ai dû bisser la même. Le manque d'amour jaillit en rafales, j'en fais trop. Sur scène ce n'est plus moi, c'est celui que j'étais. Pour chanter, il faut que tout soit fini.

Au Salon grec, tandis que Sacha jazze, les invités me font une place à la table d'honneur. On m'accepte sans humeur ni compliment. Je joue un peu des coudes entre les têtes alourdies par l'alcool. Ma voisine est en nage, son Guerlain a tourné. On passe, on repasse, en me dévisageant, mais personne n'aurait l'idée de m'emmener sous les pins. Louis lève un bras victorieux à l'autre bout de la salle, Suzanne me jette un baiser. Quand je frotte ma main sous mon menton, ça veut dire taxi, je rentre. Ils comprennent.

À demain.

Pendant un instant je ne sais plus où je suis, dans quelle vie, les épaules brûlées, je me suis assoupi sur mon transat au soleil. Mario, le barman du Palm-Beach, m'offre souvent un verre après ma sieste, avant de reprendre son interrogatoire.

– Dites donc, vos oreilles doivent bourdonner. Mes clients n'ont que votre tube sur les lèvres. Vous êtes juif ou catholique ? Quel effet ça fait d'être numéro un dans la chanson ?

– Ça m'échappe. En ce moment... je ne pense qu'au sexe, Mario.

Et je rigole bêtement.

Sur la terrasse rose ornée de palmiers en bac, la terre est ferme, il va pourtant falloir prendre le large. Promotion oblige, chaque jour je dois donner une petite interview avant d'aller voguer sur la *Jeanne*, le bateau affrété par ma maison de disques. Champagne à bord. Les artistes Philips se succèdent au micro d'André Asseo et de Louis Nucera. On se livre en vedette sur Radio Monte-Carlo. Une fois levée l'ancre, chacun arbore ses plus belles convictions en picorant les amuse-gueules. J'ai peur d'être bête. Les stars ont du panache, des phrases bien faites et, comme tout le monde, elles sont en retard. On attend. Pour passer le temps, je me suis mis à raconter l'été 65 dans un carnet. À noter les bons moments. M'asseoir à la proue du navire, j'adore ça, torse nu. Le voilier griffe la mer. Ou bien s'allonger sur le pont, quand ça penche, faut s'accrocher. J'écris ce que j'entends, ce que je vois.

Un petit poisson, un petit oiseau
S'aimaient d'amour tendre

Je tire les cordes avec l'équipage en chantant Juliette Gréco.

Mais comment s'y prendre
Quand on est dans l'eau.

La vedette du jour est là, en robe verte, grave, distante sous sa capeline en paille, elle me réclame un parasol afin de ne pas tacher sa peau blanche.

– Alors c'est vous qui remplissez le tiroir-caisse de notre bonne maison de disques ? Pardonnez-moi, je vous avais pris pour un mousse.

Le 4 août j'écris : « J'ai mis Juliette Gréco à l'ombre. »

Samedi, 15 heures. Claude Nougaro n'est pas rasé. À peine sur le pont, il lève au ciel son verre vide. Une cascade de mots sort de ses entrailles et fuse dans l'air marin. Moi, je préfère appliquer les conseils du capitaine : contre le mal de mer, avaler un bon plat de pâtes, sans sauce. Dans la marine aussi, on vit mal le ventre vide.

– Aujourd'hui nous aurons le vent de face.

– Pas de friture sur les ondes, rage André Asseo, nous transmettrons d'une cabine.

Sheila est en vacances et en promotion.

8 août, je note : « Sa chanson est mièvre, mais Sheila en maillot de bain est canon. »

Au fil de l'eau, au fil des jours, on me confond de moins en moins avec l'équipage. Aucune chansonnette ne vient déloger la mienne de la première place. Rôdant sur le quai, deux admiratrices me guettent. Dès qu'elles me voient, elles se figent. En venant vers elles, soudain le soleil m'aveugle, je baisse les yeux et je vois mon prénom gravé sur leurs bras à la lame de rasoir. HERVÉ en longues croûtes violettes.

Je ne trouve plus rien à leur dire.

Entre les caprices des stars, je vogue, le bateau rouge et blanc protège ma bonne étoile de Cannes à Saint-Raphaël, de Marseille à Menton. Aujourd'hui, émeute sur le port de plaisance, depuis l'aube on attend l'idole. La voilà qui fend la foule d'un sourire silencieux. Personne ne l'appelle Monsieur Hallyday, on crie familièrement Johnny. Comme à un frère, à un fils. Il n'est jamais seul, lui, une foule d'amis le suit, une bande si nombreuse qu'elle va devoir rester à quai. Le voilier pourrait couler. Johnny n'embarque qu'une blonde maquillée. Son nouveau disque ne lui plaît pas, la face A, *Mon anneau d'or*, est ratée. C'est lui qui le dit. Je note sa commande : gin tonic. Johnny préférerait que l'on diffuse : *Ne joue pas ce jeu-là*, le rythm and blues de la face B. Mais non, Philips passe la face A.

15 août. Brigitte Bardot arrive en jet-taxi. Qui est l'homme à son cou, ce chat mouillé par l'écume des vagues ? Les paparazzi ont beau

hurler, Brigitte Bardot et Serge Gainsbourg disparaissent dans la cale par le hublot.

– Ce soir, tu ne sors pas. Pas de boîte de nuit, tu n'iras même pas à la Jungle, OK ?

Louis s'énerve rarement après moi.

– Couche-toi, insiste Suzanne. *Paris-Match* n'aime pas les yeux cernés. Rendez-vous demain matin neuf heures au bar du Majestic.

Même pas peur. Les tubes se bousculent et me talonnent au hit, mais *Capri c'est fini* reste à la pointe de l'été comme moi à l'avant de la *Jeanne*. C'est ma place, entre *Le soleil et la mer*, *Aline* et *Capri*. Dans les ruelles de la vieille ville, des gens nus tendent leur linge au balcon en chantonnant « J'espère qu'on y retournera un jour ». Je suis mille fois vivant dans mille endroits différents. Ma chanson me porte, c'est l'air de l'été. Les gens me reconnaissent, mais plus personne ne me parle. On se retourne sur moi. Être connu, c'est entendre avec son dos des chuchotements rouler entre vos épaules. J'aimerais mieux qu'on me parle normalement. J'ai dix-neuf ans. Le soir, je m'endors comme on tire un rideau.

17 août. À l'abordage. L'esprit de Raymond Devos et l'humour des Frères Jacques ont contaminé la *Jeanne*. Le standard de Radio Monte-Carlo explose de rire. Toute la Croisette observe les six compères grimpés au sommet des mâts en train de décrocher la bannière monégasque. Sous le soleil, la déconne apaise ma libido.

20 août. Ciel mauve, l'orage gronde. Claude François pique sa crise en pleine mer. Il exige que l'on diffuse deux fois sa chanson *Quand un bateau passe*. Clo-clo, pâle, a le rictus de ceux qui ne sont plus au top.

– Sinon je m'en vais, vous me connaissez ! J'ai peur de la mort, j'ai peur de l'oubli.

– Je ne vous connais que trop, lui rétorque Louis Nucera. Partez si vous voulez.

J'aime Louis, sa vérité.

21 août. La Méditerranée retrouve son calme avec la douceur de Nana Mouskouri. Je ne voudrais pas voir venir cette fin d'été sans avoir vécu d'histoire d'amour. Un compliment me fait plaisir, comme un esquimau. Bravo, merci. Merci, bravo. Et vogue le navire sur les ondes

et les flots. La journée monte et pétille dans les flûtes à champagne avant de s'affaisser avec les voiles de la *Jeanne*. Au pied de la passerelle, emmitouflée dans un châle d'hiver, Barbara a pointé son nez d'oiseau.

– Sois galant homme, me crie Suzanne. Aide madame à monter !

Je me démène, un peu gauche.

– Tenez-moi la main, je suis myope et je n'ai pas le pied marin.

Le bateau tangue, comme elle. Ses interminables bras dénudés font signe à ceux qui n'embarquent jamais. Puis son châle tricoté tombe. Tout de suite elle prend mon visage dans ses mains.

– *Capri*, c'est beau, tu es beau. Bravo. Allons travailler.

En cabine, nous mangeons des chocolats glacés. Sa voix de verre frappe les parois d'acajou.

À mourir pour mourir
Je choisis l'âge tendre
Et partir pour partir
Je ne veux pas attendre.

Sa chanson est comme elle.

Sur mon carnet j'écris trois mots : «Je l'ai rencontrée.»

La Jungle est vide, jaune, rouge, verte et pauvre. C'est la fin. Trois Cannois aux épaules latines, engourdis, restent penchés sur leurs tabourets. Il faut boucler mon sac et dormir.

30 août. J'ai mieux à faire que de visiter les palaces et de regarder les valises s'empiler sur les perrons. Jamais je n'ai vu la Croisette aussi vide, plus un visage troublant. Que des vieux. Trop tard. Tant pis. Rien n'est passé sur ma peau. Mes clés et mon billet sont dans ma poche. Finis les plats de pâtes et les siestes du Palm-Beach. Mario n'ouvre plus les parasols bleu et blanc. Radio Monte-Carlo donne son cocktail d'adieu à treize heures.

– Au revoir, mon Mario. Merci pour le Campari.

Sur le sentier qui mène au port, les deux jolies groupies sont tristes. Je leur claque une bise. Mon prénom sanglant sur leurs bras meurtris m'est apparu en rêve.

Au bout du sentier, le capitaine en tenue de gala m'accueille sur un tapis rouge entre les bacs d'oliviers.

– La *Jeanne* reste à quai aujourd'hui. Un déjeuner est donné pour fêter votre succès.

– Ah bon ?

Me voilà en Perfecto parmi des femmes peignées d'ivoire, rivière au cou, solitaire au doigt. Plus de stars, mais le préfet, le maire de Cannes, des journalistes… Des bravos s'élèvent sur mon passage quand l'orchestre de Sacha Distel entonne *Capri c'est fini*. Asseo et Nucera s'avancent pour m'offrir un double disque d'or. Le yorkshire qui jappe à mes pieds me ferait pleurer. Flash. Flash. « Un sourire, Hervé ! » Flash. C'est mon prénom que l'on crie. Flash. Ma pensée et mes remerciements vont à Daniel Cordier. Flash. Flash. Pourquoi n'est-il pas là ? Le discours de Louis Nucera est sobre. Une larme perle au coin des yeux de Suzanne.

– Cachottière, pourquoi ne m'as-tu rien dit ? Suzanne, tu sais, je n'oublierai jamais cet été-là, ensemble. J'ai pas souvent été avec quelqu'un !

Et puis d'un coup, ça me prend, ça me secoue, je chiale, fauché.

L'été s'en va, la langouste est servie.

– T'as encore du boulot, Vilard, me fait Louis, deux heures d'interviews avec les boss et les journalistes !

Deux heures ? C'est dix fois trop.

Sur la table, devant les micros, mes mains se crispent.

– Dites donc, il vous faut vite enregistrer un nouveau disque, vous savez qu'on vous attend au tournant, me balance Philippe Labro en direct sur les ondes.

– C'est déjà fait. Mon premier 33-tours sort pour les fêtes de Noël.

– Et ce sera un excellent cru pour le cash-box, je l'ai écouté, affirme le patron des disques Philips.

– Merci, monsieur Meyerstein.

Je suis comme Claude François, j'ai peur de l'oubli. Je suis libre, mais je ne sais pas forcément ce qui est bon pour une carrière.

Soudain ça parle chiffres et on n'a plus besoin de moi. Mon million de 45-tours a fait mouche… Ils évoquent la conjoncture, le marché du disque est bon, très bon pour le business. Sous le ciel cobalt, les journalistes se perdent en considérations artistico-financières. Ça dure. En relevant la tête de ma tarte tropézienne, derrière ma mèche, j'aperçois Michel Breton, le pigiste de *Nice-Matin*.

– Dites donc, cher Hervé, maintenant que vous êtes une vedette, qu'attendez-vous de la gloire ?

– Je ne suis pas une vedette… J'attends d'être amoureux. La gloire, ça n'existe pas.

– Vous êtes orphelin. Demain si vous retrouviez votre mère, que feriez-vous ?

– Stop. Arrêtez avec ça. Vous savez qui est ma mère, vous ?

Je le fixe, longtemps, avant de le voir s'éloigner et avec la sensation pénible qu'il reviendra.

Breton, tête de con.

Sur la promesse de renouveler l'été prochain notre croisière sur la *Jeanne*, le boss de Radio Monte-Carlo fracasse une bouteille de champagne contre la coque. Les bulles se mêlent à l'écume. « Bonne chance et merde », me crient les marins, mes copains d'équipage. Puis ils chantent : « Ce n'est qu'un au revoir mes frères. » Cette litanie m'oppresse, les épaules de Louis sont assez larges pour me cacher.

Je suis impressionnable.

Derrière la vitre du bus, l'horizon a la couleur du vin rosé. Tout atteste la fantaisie, les démons paradisiaques et les folies romaines, mais moi je voyage à côté du disque d'or qui encombre la banquette. C'est pas causant, un disque d'or. On gémit de quitter le Midi. Je vais écrire adieu dans mon cahier. Quel con je fais, la journée du 1er août est restée blanche. J'ai oublié l'ami de Louis, l'homme humble aux traits patinés, celui qui chante la *Jeanne* avec des mots que j'admire. Rencontrer Georgess Brassens, c'est faire peau neuve.

Ma carrière de chanteur a débuté par des vacances à l'œil et mon ombre inquiète s'est faufilée parmi les vedettes. Maintenant, c'est terminé. Dans la salle d'attente de l'aéroport, une maman berce un bébé sur son ventre. Un homme hâlé chique un cigare. Deux jeunes gens s'embrassent en regardant le ciel derrière les baies. Un râle brutal me serre la gorge. Rien ne se passe, sauf la vie. Parfois, sans motif, elle me retourne. La Caravelle décolle et moi je ne sais toujours pas où je vais. Je monte avec elle. Le succès pèse et ne pèse rien, comme un avion. Ou j'avale ce monde ou ce monde m'engloutit.

Dans ma chambre, rue Jean-Mermoz, les sacs de courrier s'entassent ; chaque matin, ils grimpent le long du mur, se propagent autour du lit, comme du chiendent. Ming, le majordome de Daniel Cordier, n'en peut plus de monter les sacs. On m'écrit « Je t'aime », « Je t'embrasse », on me supplie de répondre d'un mot tendre sur une photo dédicacée, mais je n'ai pas encore de photos à dédicacer. Tout ça pour une chanson. Demain, qui sait, ils me chasseront. Ma vie est pleine d'amour sous enveloppes décorées. Ming s'épuise en allées et venues de ma chambre de bonne à l'appartement, sans arrêt le téléphone sonne. Je n'ai pas vu Daniel Cordier depuis trois mois. Nous n'avons plus la même existence. Il me manque.

Les Parisiens perdent leur bronzage, ils circulent parapluies grands ouverts. L'été se replie. Faudrait que je déménage, mais, quand je sors, je flâne, je vais voir la Seine sous un ciel abricot. Un jour, j'ai même sauté dans l'eau froide sans réfléchir. Je plonge au hasard de tout, peu importe le sexe de celui ou celle qui vient. La nuit, dès qu'on me touche, je bande. Je prends, je donne, accroché au corps de l'autre comme un noyé.

Dans les studios de la rue Jenner, chez Philips, je plonge aussi dans les sous-sols de mon petit métier. Mettre des paroles en musique n'est pas du travail, c'est un fil de funambule : soit tu tombes par manque d'imagination, soit tu continues.

Mi-septembre, Christophe est numéro 1 avec *Aline* et je glisse à la deuxième place. Beau joueur, il partage avec moi la couverture de *Salut les copains*. Aline à Capri. Pendant que je décortique les gazettes, Pierre Cardin me taille un costume sur mesure. Les belles gorges nourrissent les potins dans les couloirs de la radio et de la télévision. En passant, Georges Decaunes me dit que nous y serons bientôt en couleur. Tout va vite. Un compliment me semble toujours aussi léger. Dix n'effacent pas un sarcasme.

– Lui, orphelin ? Jamais de la vie, on n'a jamais vu un gosse perdu traîner en blazer dans les galeries de tableaux. C'est là que je l'ai connu, chez Cordier.

La rumeur enfle et me brûle jusqu'en province, je n'ai pas encore trouvé l'arme qui fera ravaler leurs quolibets aux bouches méchantes. Je n'ai plus de passé. J'aime les heures chaudes, les nuits syncopées, la boule au plafond et la vibration du sang dans mes veines.

Au Salon de l'Enfance, cette fois, sur la scène du Palais des sports, j'ai bien failli tout foirer. Trois mille personnes scandent mon nom en tapant du pied. C'est affolant. La terre tremble. Et moi je ne ressens rien, morne plaine. Ma bouche pâteuse n'a que trois chansons à offrir. J'ai menti… Je n'ai pas jeté mon enfance : quand je chante, elle se reforme malgré moi. Je dois m'accrocher aux arbres, aux étangs. Des vieilleries passent à la vitesse de l'éclair. Un instant, le sens de ma vie m'apparaît, séparé de tout le reste. Les applaudissements résonnent en moi comme dans une église. Mon métier est un pays d'un seul habitant, sans drapeau. Faut y aller, suer des flaques.

Au Marcadet-Palace, je savoure mon trac, bouffé par l'adrénaline. J'ai peur et je fonce. Le public du 18e arrondissement se bouche les oreilles sous une sonorisation trop forte, vaincu par la génération d'âge tendre et tête de bois. Avant d'aller chanter à Marseille, j'aurai mes propres musiciens et un ami pour m'épauler. Peut-être. En attendant, demain, je pars seul à l'Est, pour Verdun.

Cinq heures de SNCF dans un brouillard si épais que le roman de Kessel m'est tombé des mains. Je me réveille à Charleville-Mézières. Le train repart. Par milliers, des croix blanches quadrillent les vallées sous l'automne roux précoce. La porte de mon compartiment s'ouvre.

– Salut, nous arrivons. Ce n'est pas un kidnapping, je suis Amado, le ventriloque qui partage avec toi l'affiche du gala des anciens combattants. Je suis d'ici, on m'a chargé de te conduire. Tu veux faire un tour en ville avant d'aller à la salle des fêtes ?

– Enchanté, Amado. D'accord, mais juste un petit tour en voiture, les musiciens doivent déchiffrer mes partitions.

Verdun est déjà jaune de chrysanthèmes. Les chaînes du monument aux morts pendent aux pointes des obus vert-de-gris. Boutiques, drapeaux, souvenirs de 14-18, tout est patrie sous le ciel ciment. Entre guirlandes tricolores et plantes vertes, le président du comité me remet mon cachet avec une bière fraîche. Une fanfare de clarinettes lit déjà mes chansons sans partition.

– Que penses-tu de notre orchestre ? Tu passes à 20 heures, nos anciens vont être fiers d'assister à tes débuts. Au fait, des journalistes ont demandé à te voir. Je les ai envoyés à l'hôtel de la Croix-de-fer. T'inquiète, ils reviendront vers 17 heures.

Le petit batteur rouquin tape sec ; faute de cymbales et de tomes, il ne jouera que de la caisse claire. La pharmacienne s'applique mélodieusement sur un piano à punaises, le contrebassiste est rouge écrevisse. Je choisis ces trois-là, à quoi bon une fanfare pour mes chansons d'amour. Avec eux, je ne risque pas de casser la baraque, on verra bien, d'abord il me faut repasser mon pantalon dans le cagibi de la salle des fêtes. Je m'applique pour ne pas lustrer le pli. Les petites choses me rassurent, tout ce que je peux faire moi-même, je le fais. Dans l'encadrement, soudain, une silhouette apparaît, appuyée au chambranle. C'est encore ce foutu Michel Breton, le havane au coin du bec. Ce foutu journaliste est venu jusqu'ici miner ma célébrité toute fraîche. Soudain, Louis et Suzanne me manquent.

– Je peux vous parler ?

– De quoi ?

Sa bouche n'est qu'un trait mauve sur son cigare puant.

– Votre mère est là, elle vous attend à la Croix-de-fer.

Mon cœur se fige. Ma mémoire ouvre son sac. Croix de bois, croix de fer. Ne laisser personne me faire du mal.

– Monsieur Breton, voulez-vous de la tarte aux prunes ?

Ma voix, polie et mécanique, enchaîne.

– Comment va-t-elle ?

Je relève la tête, je le toise.

– Je ne suis pas prêt, une prochaine fois. Peut-être jamais.

Il prend sa part de tarte.

– Imaginez-vous le sentiment qu'éprouve votre mère en ce moment ?

– ...

– N'en éprouvez-vous aucun ?

– ...

Il se tient si près de moi, je vois les pores de sa peau, la plantation de ses cheveux. Ne pas s'énerver. Ne pas trembler. Il mord sa part de tarte.

– Pourquoi vous faites ça ?

– C'est mon métier. C'est une belle histoire. Hervé, vous n'êtes pas content ?

– Monsieur Breton, est-ce que vous me jugez ?

– Vous avez froid, vous frissonnez ?

– C'est parce que je vais monter sur scène.

Je pourrais lui foutre la tarte en travers de la gueule. Je pourrais me sauver aussi, m'enfoncer entre le joint des briques. Chaque mot entre dans mes oreilles comme un insecte.

– Faites comme vous voulez. Votre mère est là, dans une chambre d'hôtel, à deux pas. C'est une femme toute simple. Pensez à vous, allez, montez sur scène. Elle vous attendra.

Je ne peux pas. Je ne veux pas. Je vais monter sur scène, là, maintenant. Ça n'a pas de sens. Mes doigts tremblent, une main me pousse. Il faut qu'on me pousse, sinon je n'irai pas. Je fixe Michel Breton droit dans les yeux, personne et quelqu'un, pour moi, c'est la même chose quand je chante. Je lui tourne le dos, je monte les marches de métal.

Au-dessus de moi, au-dessus des gens, il y a toujours un projecteur. Des lumières où planter mes yeux. Et dans un des projecteurs, chaque fois, il y a ma mère, la masse de ma mère, son ombre qui devient enfin vivante. Une femme dont je n'ai presque plus aucun souvenir. Dans le projecteur, ce soir, ma mère est nette. Son souffle continue de me pousser. Encore quatre pas. Je ne chante pas, je crie.

Un monde à la mesure de nos je t'aime
À la mesure de notre chance
Aux dimensions de notre amour

Le public prend, il réagit à des mots que je n'ai pas écrits pour Elle, je n'ai jamais pensé à elle en écrivant. Mollement, le contrebassiste joue le tube.

Nous n'irons plus jamais
Où tu m'as dit je t'aime

La vision devient floue, les lueurs se multiplient, à force de les fixer, les lumières flanchent dans mes yeux blancs, blancs, noyés de vapeur d'eau. Je la vois m'accoucher, blonde, sans douleur, tenaillée par le déluge. Blanche, c'est son prénom, voilà, c'est ça, Blanche, je m'en souviens.

Avant de basculer derrière la scène, j'ai salué. Les anciens combattants n'y ont vu que du feu.

– Merci pour le mousseux, monsieur le président, mais on m'attend à la Croix-de-fer.

J'attrape le bras de Michel Breton.

– Allons-y tout de suite, j'ai un train à prendre.

La place est vide. Vide. Michel Breton marche devant, derrière nous le public n'a pas encore quitté la salle. Je perçois le bruit d'un jet d'eau, d'une fontaine peut-être. Laisser faire, laisser parler ce qu'il me reste de cœur. Je ne peux pas ne pas vouloir la revoir. Je redoute le scandale, ce qui va arriver si je la vois, si je ne la vois pas. Verdun est muet. La gloire me ramène ma mère, ce que je n'ai pas réussi à faire de toute ma vie. Je lève les yeux sur la façade de l'hôtel. Elle est derrière l'une de ces fenêtres. Là. C'est la vérité, c'est possible ?

Le Niçois à cigare n'est pas venu jusqu'à Verdun pour manger de la tarte aux prunes. Dans l'hôtel, nos pas ne font pas de bruit sur le tapis de l'escalier. Dans le corridor, je murmure à Michel Breton :

– Mettez-vous derrière moi, s'il vous plaît.

Devant nous, une porte entrouverte laisse filtrer un rai de lumière.

Je la vois.

Une vieille dame. Sur un lit. Depuis combien de temps elle m'attend, une boule de mouchoir entre les doigts ? Tassée, dans son manteau bleu roi. Elle avale de l'alcool blanc sur un sucre. Sans bouger, je la dévisage. Une petite femme, frêle, ronde, aux yeux si clairs. Une petite maman inconnue. Un grain de raison se met à grossir : c'est elle. Son œil gris foudroie. Sa peau très blanche comme dans mes rêves. Il y a des cris, des coups assourdis quelque part dans la chambre. « Alors, c'est pour aujourd'hui ou pour demain ? » Un revenant parle du fond de l'armoire. Elle sursaute, chétive, et renverse la lampe de chevet.

J'ai tout de suite peur pour elle. Sa tête rousse part vers le mur, sa voix se casse : « Il ne voudra jamais me pardonner. Ce sont bien les yeux de mon René ». La lune baigne la chambre. Je souffre mal. Il n'y a que Blanche pour m'appeler René, je la vois de plus en plus. Les épaules. Les cheveux. Ses jambes gonflées, aux pieds minuscules serrés dans des chaussures usées. Sa joue. Ses lèvres si minces. Je prends ses mains. Crispées. Glacées. C'est elle. Je m'agenouille, je ne peux pas m'asseoir sur le lit.

Ma mère pleine d'épuisement et du besoin fou d'expliquer. «Tu m'as fait peur, j'ai cru que tu allais repartir sans m'embrasser.» Sa poitrine soupire, sa main touche sa gorge avant de passer un peu de poudre de riz sur ses joues. Michel Breton remet la lampe en place. Alors, tout d'un coup, l'armoire s'ouvre, deux photographes tapent du pied dans les battants. Ils nous mitraillent en nous donnant des ordres. Flash. Flash. Leurs appareils illuminent la pièce d'argent.

– Rapprochez-vous, faites quelque chose, embrassez-vous, voilà c'est bien, plus près.

Je prends son bras, un peu. Sait-elle que je suis chanteur ? Elle se dresse, en suppliant Michel Breton.

– Dis à ces corbeaux que je suis économiquement faible et qu'il y a huit jours tu es venu me chercher à l'hôpital. Mais pas de chantage sentimental pour mon René !

Bien sûr c'est elle. Je suis son fils, son luxe. Je sursaute en entendant nos prénoms.

– Blanche, Hervé. René, Blanche, Hervé, mettez-vous là. René, Hervé, Blanche. Voilà, comme ça.

C'est notre châtiment. Seul, j'essayerais de me lier dans ses bras. Ce n'est pas jouable, on ne pleure pas quand on n'a pas de souvenir. Je me relève, pas ému. C'est fini. Terminé. Elle s'est affaissée, en biais, contre les oreillers. Ses petits pieds ont quitté le parquet.

– Maintenant Michel, il faut la laisser dormir. On se téléphone comme prévu. Je dois partir, c'est l'heure.

Elle baisse son visage de poupée, ses cils roux. Les larmes l'ont dépoudrée.

– Déjà tu pars ? Tu viendras me réveiller. Ne tarde pas.

Sa voix, atrocement tendre.

– Je dois m'en aller, tu sais.

Je m'écarte, recule, je tire la porte derrière moi, elle ferme mal cette porte, je ne pense plus qu'à la refermer, à ne pas la laisser entrouverte. En descendant les marches, je sais que c'est elle. Devant ma mère, il n'y a qu'un mot que je n'aurai pas pu prononcer.

Verdun est comme en plein jour, la lune braque son projecteur entre deux nuages, et une ombre me sourit : Blanche salue nos retrouvailles.

Moi qui pensais pouvoir atteindre la célébrité sans un fil à la patte, intact, jusqu'à la gare une corde me lie à cette chambre. Je la sens. Je me parle tout bas avant de m'apercevoir que je ne suis pas seul. Je me retourne.

– Messieurs les journalistes, vous pouvez vous en aller maintenant.

Breton a les yeux embués, stupéfaits. Je ne lui en veux pas. De la fumée sort de sa bouche, comme une chimère. Il fait froid et je sue.

– Pour quel journal vous travaillez ?

– Je ne sais pas encore, on va voir. Ne crains rien, Hervé, c'est une belle histoire. Promis, on te la ramène demain, à Montreuil, en pleine forme.

Les branches chuchotent. Le vent, les bêtes, le tronc des arbres et toutes les pensées, les rêves, dialoguent. Tout est habité. Ma mère m'a souri. La grande aiguille mange une minute sur le cadran blanc de la gare. Une minute de plus. J'ai toujours été seul, mais occupé par elle. Je l'ai toujours rejointe. Elle est dans sa chambre d'hôtel et avec moi. Là-bas et ici. Le quai pour Paris est désert, les signaux des voies vibrent et clignotent, le train de nuit va venir.

La locomotive amorce son virage, traînant sur ses wagons de longues cargaisons de billes de bois. Mon compartiment est vide. Je peux m'allonger, mon costume de scène roulé sous la nuque. Ne plus réfléchir, c'est mieux. Je passe et repasse un doigt sur mes lèvres, le rythme des essieux me berce. Les veilleuses bleues descendent, il y a des jouets, des valises et des coquelicots. Des collines, des chênes, des gens qui dansent à la fête. Et derrière la gare, une rivière. On a laissé la brouette près des clapiers. Sur la rivière, une dame passe en radeau. Les branches du saule l'obscurcissent. Debout, dans le courant, la dame coupe les cheveux gris aux enfants tatoués. Je mange du miel, mes mains restent collées au micro. La dame respire, quand sa gorge se soulève, tout bouge avec elle. Des forêts entières s'élèvent au milieu des courants. Des poissons volent et crient, avec de petits masques noirs. À travers le lierre, depuis la berge, une main me tire. Une autre dame rit sous ses nattes, en tendant du linge entre les peupliers. Des draps, des roses, de la merde et du soleil. La voiture de pompiers arrive, rouge, en fer. Soudain la rivière est tarie. Je m'assois sur l'herbe contre la charrue.

Elle vient. Elle veut bien rester
Elle n'a pas de visage
Je veux bien, j'accepte
Fidèle, étendue
Elle est essoufflée.

Je dors, pas elle, jamais fatiguée. Elle vient tout le temps vers moi. Des rideaux claquent aux fenêtres de la ferme, la ligne des peupliers agite ses pinceaux sous le ventre des nuages. Les champs grandissent, pleins de mulots et de vermine. La dame claire m'entraîne vers l'eau, je ferme les yeux, elle traverse mes paupières. Quand je lui tends la main, le train siffle dans le tunnel et le radeau cogne contre la berge.

Il est six heures du matin à la grosse horloge de la gare de l'Est. Les lueurs bavent.

Je souris, enchanté. C'eût été dommage de dormir sans rêver. Le hall est d'un bleu de lait.

J'ai oublié mon costume, roulé sur l'accoudoir. Dans la poche il y avait mon cachet. Tant pis. Je viens de prendre le train avec ma mère pour l'éternité.

Ça va ? Ça va. Encore essoufflé d'avoir descendu l'escalier quatre à quatre. Même si j'ai une trotteuse dans la tête, j'ai enfin pu trouver un moment pour déjeuner avec Daniel. C'est rare qu'il me serre dans ses bras. De quoi serait faite ma vie si je ne l'avais pas connu ?

Déjà Daniel s'échappe, il s'active, réunit ses notes dans son bureau. Nous nous parlons d'une pièce à l'autre, à travers les portes ouvertes. Il me parle tout en fouillant ses dossiers. C'est par pudeur qu'on ne se regarde pas.

– Toi aussi, tu es occupé à présent, tu as des obligations.

Le mot me fait sourire. Rien n'aura jamais l'intensité simple de Daniel Cordier, sa chaleur et sa distance. Je tourne sur l'épaisse moquette. Je caresse les masques africains. Soudain il est devant moi, haussant la voix.

– Tu dois tuer le père maintenant, mon fils, forger ton existence. Ta mère est au cœur de tes projets et je préfère ne pas la connaître.

Ses poings frappent contre ma poitrine.

– Mais sache bien que je serai toujours là pour toi.

Grâce à lui, je suis un pouilleux décrassé. Mais désormais, je dois vivre ma vie avec elle.

– Daniel, nous allons emménager. Nous devons apprendre à vivre tous les deux, tu comprends.

En quittant l'appartement, je sens ses yeux clairs dans mon dos. Ils ne me quitteront jamais.

Là-haut, dans la chambre de bonne, mon Farfiza ne me donne plus le *la*, tout sonne faux dans la pièce vide. J'ai brûlé les affiches de mes idoles. Mes draps sont sales. Quatre cartons s'écrasent sous le guéridon. Le vent fait vibrer les tuiles. Tout de suite, j'écris :

On m'appelle le Petit Chose,
Chaque soir je joue ma vie.
Pour un mot pour une rose
Je ne suis qu'un Arlequin de comédie.

Inspiré par la *Commedia dell'arte*, j'ai composé trois chansons qui vont finir par n'en faire qu'une. L'Arlequin sera mon nouveau passeport pour la scène. Rien n'est plus apaisant qu'une chanson achevée. Je veux user les juke-box, casser la baraque, décapiter le hit-parade.

Tout ce qui grouille, swingue, palpite m'excite. Ce matin, je me coupe en me rasant. Dorénavant je ne dirai plus non à rien. Adrien m'a soufflé : « Tu rayonnes » quand nous avons fait l'amour défendu, puis il est reparti furtivement vers sa Normandie planquer son homosexualité et la mienne. J'aurais bien confié mon destin à ce châtain tout en muscles, plus ou moins doué au lit, mais si intelligent. Ses yeux sont si forts, paupières à demi-closes, quand il parle de ses lithographies.

J'aime vite, sans m'attacher. Il me faudrait un musicien ou un poète pour trouver des mots à gueuler sur les places. Je vis d'inconnus, de rencontres. Le soir, la nuit, dans les bars et les boîtes, je veux parler. Au petit jour, je longe les allées de platanes avant de m'asseoir sur un banc. Je suis avec mon enfance et mon métier, l'un dans l’autre. J’ai dix-neuf ans. J’ai fait trop de chemin.

Sans arrêt, on me répète : « Dis, es-tu certain au moins que c’est ta mère ? ». Je réponds deux mots : « C’est elle ». Et je me colle au boulot.

Ça ne rigole pas, les coulisses du music-hall.

– Je ne vous ai pas demandé de me dire bonjour ! m’a lancé froidement le chanteur Alain Barrière.

Ça m’a scié. Je n’avais jamais imaginé qu’une personne puisse vous interdire de la saluer. À mon avis, le mieux est de rester aimable. Comme Michel Drucker qui m’accueille à bras ouverts dans son show télévisé. La scripte chronomètre les secondes, c’est à moi, en direct, elle me propulse des deux bras. Je dois chanter dans l’œil d’un cyclone sans me prendre les pieds dans les câbles. La lumière me glace, le public est si loin. Quand il ne se passe rien, j'ai l’impression d’avoir trente ans.

J’aime l’asphalte parfumée d’essence. Ernesto Che Guevara vient de refuser la nationalité cubaine, tout le monde s’en moque. Mi-octobre, on jubile, la France est qualifiée pour la finale de la Coupe du monde de football. L'actualité m'éclabousse aussi. Ma mère est à tout le monde maintenant. En passant devant les kiosques, je baisse les yeux et mes jambes flageolent. Les clichés de Verdun sont sortis de l'armoire. Un quotidien du soir a publié la vérité : « L'orphelin millionnaire retrouve sa mère dans la misère. » Les trois mots de ma vie commencent par M. À dix mètres, je les repère, ces kiosques, et préfère les éviter, mais Paris en est plein, autant que de merdes de chiens. Que va penser Blanche en nous voyant pleurer à la une ? Notre photo est laide. Quand je nous croise tous les deux accrochés par des pinces ou posés en pile, j'ai honte ou je suis fier ? Je rase les journaux en bloquant ma respiration. Je n'aime pas qu'on me hèle depuis le trottoir d'en face en criant : « Hé, l'orphelin ! »

Pleurer, c'est sale ?

Au Plaza-Athénée, avant les interviews, il me faut du café noir. Le jeu est devenu plus dur, les questions parfois me frappent à l'estomac. Louis Nucera se dresse entre les journalistes et moi. Ses conseils sont de plus en plus serrés, sanguins : « Pense à ce que tu dis », « Sois sincère, surtout », « Tu joues ton avenir ». À la fin, inquiet, il me fait :

– Hé, ça va ?

– Mais oui, ça va.

Sous les lustres, mon hébétude disparaît au contact des journalistes. Round après round, je dois justifier mon succès et innocenter maman. J'ouvre la tombe de ma naissance en balançant des mots magiques : « miracle », « conte de fées ». Ils les griffonnent sur leur cahier à spirales. J'affirme pouvoir enfin la chérir, avoir un chez-nous où la couvrir de cadeaux. Je déballe dans la joie et la souffrance, sans compter, sans réfléchir. C'est beau, c'est bien. Si je vous le dis. Je parle pour ne plus les entendre. Leur bloc-notes, leurs papiers, leurs colonnes, je les remplis.

Cette nuit, le vent n'est pas tombé. La tempête a tordu le zinc de la gouttière. Je dors à moitié enroulé dans mes draps moites, le réveil sonne, un rayon blafard traverse la lucarne, une voix de femme que je connais trop bien décoche ses quolibets sur France-Inter. « BB ne fera qu'un bébé. Ha, ha, ha, elle a peur de grossir… Quant au chanteur de *Capri c'est fini*, il n'avait pas d'histoire, il fallait bien lui en inventer une pour faire pleurer dans les chaumières. Ce n'est pas sa mère, c'est un coup monté. »

Ha, ha, ha. Vacherie de l'humour lâche. Je me couche et je me lève avec. La voix passe à autre chose. Et moi je reste assis sur mon lit.

En approchant de Marseille, la Caravelle vacille dans les trous d'air, l'hôtesse a beau me faire risette, moi non. Derrière, les passagers bourdonnent mon nom et celui de Blanche. *France-Dimanche* et *France-Soir*. Orphelin et misère. Mère et millionnaire.

Marseille, tais-toi, Marseille
Tu cries trop fort.

C'est une belle chanson. Je ravale ma rage. La gloire, c'est ce qu'il y a de plus près de la honte.

Sur la Canebière, ma suite est bien trop vaste pour une personne seule. Loin de Blanche, je tombe inquiet pour elle. J'apprends à avoir du souci pour quelqu'un d'autre que moi. Quinze roses rouges fânent, en gerbe, sur la console de marbre avec une carte cornée : « Avec les compliments de Mémé Guérini. »

Au salon Méditerranée qui domine le port, la clientèle est triée, des Jane Mansfield envisonnées vampent les hommes de leur blondeur platine. Le calibre gonfle les ceintures, ils se tiennent droit, parlent à demi-mot, leur brutalité semble viscérale. Ils ne vont pas m'aimer, sans doute, mais je ne le demande plus. Je n'oblige personne. À Marseille, j'ai tenu ma promesse, je suis venu avec mes propres musiciens. Maintenant je chante aussi pour le fric puisque nous sommes deux – il m'en faut. Mais, en montant sur scène, j'ai bien senti que je n'avais toujours rien, que mes mains.

Elle me dit : « Tu ne fais pas ton âge, on dirait un gosse » en dégageant ma mèche brune… « Voilà, comme ça t'as l'air moins ballot. »

C'est vrai que je hoche souvent la tête pour me cacher sous mes cheveux. C'est un tic. Des admirateurs vont jusqu'à m'imiter.

Depuis qu'elle est là, j'embrasse sans arrêt les petites mains tremblantes de ce petit bout de femme. Je n'ai plus aucun doute, pas la peine de dénicher ses papiers d'identité : c'est elle. Tandis que sa voix de Parigote babille, ses yeux en coin ne me lâchent pas. Elle va, vient, déambule, bras nus, traînant la savate dans le couloir sombre avec cette vieille blouse que je déteste. Pas grave. Dans un demi-sommeil, j'ai entendu le goulot de la bouteille tinter contre l'évier. La nuit, elle boit. Une goutte de vin marque le fond du verre que j'ai rincé en me levant pour pisser. Qu'elle boive, qu'elle oublie, ça s'arrangera. Quelqu'un qu'on a longtemps attendu, espéré, quand il arrive, il ne faut pas vouloir le changer.

– Maman, tu pourrais au moins porter la robe de chambre que je t'ai offerte.

– Fait trop chaud. Laisse-moi mon train-train. Je n'ai jamais eu de baignoire, ni de chauffage, et la nuit il y a belle lurette que je ne dors plus.

Qu'est-ce qu'elle pouvait bien fabriquer nuit et jour, été comme hiver, rue de la République, au fin fond de Montreuil ? Je m'en souviendrai de cette rue. Cette fois, j'ai dit non à Michel Breton et à ses photographes. Je suis allé la chercher seul, un matin, dans un taudis cerné de palissades au bord d'un terrain vague. Une chandelle épandait ses clartés dans la loge étroite. Assise dans un fauteuil boiteux, elle m'a dit : « Je ne t'attendais plus » avec une toux caverneuse. On n'a pas parlé beaucoup, je l'ai aidée à enfiler ce manteau qui ne se boutonne plus, miteux jusqu'au col d'astrakan. Une lueur d'affolement a traversé ses yeux sanglants :

– Qu'est-ce qu'on entasse comme linge dans une vie pour finir en guenilles. Alors, je m'en vais ? Ici j'étais enterrée vivante, rien n'est à moi, sauf ce miroir que je tiens de ma mère... Oh pardon, si, toi, toi tu es à moi aussi !

Penchée sur la glace, elle a tapoté son visage, mouillant son doigt pour coller un accroche-cœur sur son front.

– M'appelle pas Blanche, ça fait vieillotte. Appelle-moi Marcelle ou Vivi. Tout le monde m'a toujours dit Vivi.

Elle m'a souri, enfin prête.

– Tu vois de quelle misère on t'a sorti ? Mon réveil, est-ce que j'ai pris mon réveil ? Oui, je l'ai mis dans ma valise, tu me la portes, allons-nous-en.

On s'en est allés, tranquilles. Comme le temps, mais, sous ma peau, l'émotion me dévorait. Aimer c'est comme une pente avec quelqu'un au bout, à soi. Nous avons quitté le chagrin. À coups de mocassins, j'ai défoncé les palissades et nous sommes partis nous installer rue Nollet, dans un meublé du 17e arrondissement.

Vivi et Vévé.

Dans l'immeuble, personne ne peut me dicter ma conduite, ni me chercher des noises. Je suis chez moi, chez nous. Ma responsabilité de chef de famille, c'est de la faire vivre dignement, avec une garde-robe entièrement renouvelée.

- Vivi, dis-moi comment elle était ta mère ?

– En voilà une idée. Ma mère, elle était sévère tu sais, furieuse, faut dire qu'à dix-neuf ans j'avais… Si, c'est ça, oui, j'avais déjà une fille aussi rousse que moi. Un beau petit garçon brun est venu tout de suite après, et puis mon Robert, blond comme les blés.

– Qui les a élevés ?

– Moi pardi. Tous les trois.

Elle hésite, ce qu'elle dit ne paraît jamais sûr, elle oscille, rapide ou floue, les yeux fuyants.

– Laisse-moi réfléchir, si je compte bien… ils doivent avoir à peu près vingt ans de plus que toi. Ce sont tes demi-frères et sœur.

Je ne veux pas d'une famille, je veux une mère. Elle s'emmêle, elle m'énerve.

– Leur père à eux est mort en 1943 sur un champ de bataille près d'Avalon, enfin je crois que c'était le nom du patelin. Il n'a pas tenu longtemps son fusil, le bougre, les Boches ont eu sa peau, cet ivrogne avait un sacré poil dans la main.

Elle parle en vrac, sans chercher ma confiance.

– Toi c'est pas pareil, t'es d'un autre homme, l'enfant de l'amour. Je vivais seule.

– C'est lui qui…

– Ah, ne m'en parle pas, René ! Tu ne sauras pas qui c'est, je ne te le dirai jamais ! Ton père, ça n'existe pas. Allez, n'aie pas le cœur sec, offre-moi plutôt un verre…

Boire la fait taire. Sa pensée s'arrête à l'instant où ses lèvres sucent le bord du verre. Ce qui passe alors dans ses yeux mi-clos est terrible, comme si elle rentrait enfin chez elle. Quand elle boit, on dirait une petite souris. En silence, la paume à demi-ouverte, elle me demande un peu de répit, une seconde de rédemption, le temps d'un autre godet. La radio passe ma nouvelle chanson, *Fais-la rire*, elle n'en pense pas grand-chose et lâche un gros soupir, je préfère couper la radio. Peut-être ne devrais-je pas fouiller le jardin secret de Blanche. Mais, quand je la provoque, elle réagit.

– Menteuse, tout ça est impossible. Tu en rajoutes.

– Menteuse, moi, ta propre mère ?

Elle rit. Son verre est vide, déjà.

– T'aurais vu la tronche du chauffeur de taxi quand il a su que je n'avais pas un artiche. Il m'aurait bien tordu la binette, il nous gueulait dessus comme un vitrier. L'ambulancier est venu à notre secours et nous a conduits à l'hôpital Saint-Antoine. T'avais commencé à pousser, c'est tout juste si t'es pas né là, mon René, entre deux banquettes.

Le téléphone sonne, je le laisse. La sonnerie continue, déchirant l'appartement. Quand maman parle, l'amertume rétrécit sa bouche en cul-de-poule. Elle voudrait m'épargner son argot, sans y parvenir :

– J'ai fait de la couture à domicile pour te garder, tu comprends ? J'en ai enfilé des perles à me brûler les yeux. Macache cousette, si on ne prévoit pas, un jour, on l'a dans le fion, tu comprends ce que je te dis ? Les gens instruits auront toujours le dernier mot, c'est comme ça que je me suis retrouvée sur le carreau. Je suis pas menteuse, je suis une pauvre femme, c'est français pour toi ?

Le parquet d'un cinq-pièces en rez-de-chaussée, ça grince. On s'entend aller et venir jusqu'au fin fond de la location. La nuit, les pas incessants de ma mère tournoient à travers les pièces. J'ai viré les rideaux délavés sans me soucier du regard des passants de la rue Nollet. Sinon, vivre avec elle est une activité à plein temps. L'envie de jouer à cache-cache me prend en général dans la matinée. Je me tasse derrière un fauteuil ou bien je l'appelle d'un placard au bout du couloir. Nous jouons tous les deux à la tendresse. Je la force à me serrer dans ses bras, un peu, je la supplie, ça fait partie du jeu, pour nous reconnaître, nous enlacer. Colin-maillard, j'en rêve, ce serait encore mieux. Mais elle abandonne, sa poitrine flétrie ne peut plus respirer.

– T'es fou, dis donc. Je t'en supplie, tu ne vois pas que je suis vieille. J'ai soixante-trois ans, et toi t'en as à peine dix-neuf!

Je n'ai besoin que d'elle. Pas d'autres envies, je n'aime plus les folies, à part les vêtements coupés sur mesure. Question vestiaire, je ne suis pas timide, j'adore provoquer avec mes vestes en velours.

– Dis-moi, maman, laquelle je mets? Choisis! La parme, la prune ou la noire? À midi, j'ai rendez-vous avec Maurice Chevalier et Dalida pour mon parrainage, ils vont me remettre une médaille à la Sacem!

Blanche en a le souffle coupé, les yeux en soucoupe...

– Quel honneur! Mets la noire, avec ta chemise blanche et une cravate, t'auras l'air sérieux parmi les grands artistes.

J'enfile ma chemise et soudain tout m'angoisse. Au fond je préférerais ne pas sortir, rester enfermé. J'hésite à la laisser seule. Dans cet appartement sombre, j'ai l'impression de l'abandonner au fond d'une boîte, ça me fait du souci. Daniel m'a appris les jolies choses, faudrait embellir, virer tout ça : l'odeur de fumée froide des anciens locataires, les tapis rêches, les murs jaunis...

– Regarde-moi ces fauteuils, c'est affreux.

Maman ne me comprend pas, elle trouve tout bien. Il me reste une heure avant mon rendez-vous, à deux pas, c'est suffisant pour décrocher ces vilaines natures mortes. Bientôt les cadres laissent des rectangles clairs sous les têtes de clous.

– Mais qu'est-ce que tu fabriques, René ? Arrête, tu vas te salir. Pourquoi t'as retiré les tableaux, c'était joli.

– Enfin, maman, ce sont des croûtes, je vais tout faire repeindre en blanc.

– Tu dépenses sans compter.

– Et toi, comment tu te débrouillais pour vivre avec si peu d'argent ?

– Dans ma vie, mon grand, une petite pièce a poussé l'autre.

Sur la table, elle juxtapose ses doigts minces, l'un dépassant à peine l'autre d'un ongle. La bretelle de sa chemise de nuit a glissé, laissant apparaître une épaule ronde. Devant moi, maman n'est pas gênée par sa nudité.

– Que vas-tu manger à midi ?

– T'inquiète, des sardines avec un peu d'aïoli sur des biscottes, ça ira. Dépêche-toi, va-t'en, tu vas être en retard. Si tu peux, rapporte-moi du vin, du bon.

Maman ne m'accompagne jamais.

– Tu me vois manger dans les restaurants avec les gens de la haute ? Ils pourraient croire que j'en veux à ton argent.

Rue Nollet, il bruine, le vent retourne mon parapluie. Quel temps pourri, regarde-moi ça. Les flaques maculent les mocassins que maman a pris tant de plaisir à faire briller en crachant sur le cuir. Au bout de la rue Chaptal, la peur monte à l'idée de la cérémonie. La pluie et moi finissons le chemin ensemble.

Dans le show-business, on ne me tape pas sur l'épaule, je n'ai pas encore droit à l'expression qui fleurit dans mon beau métier : « Comment vas-tu, chéri ? Je te trouve très en forme. » À croire que, dans ce milieu d'auteurs-compositeurs, tout le monde se veut du bien. Je fends la foule pour saluer le grand Pierre Delanoë et surtout Louis Amade. Grâce à lui, le préfet de Paris m'a exempté du service militaire au titre qu'il eût été dommage de stopper l'envol de ma carrière et dangereux de me renvoyer à mon passé d'orphelin.

Je ne serai pas soldat.

– J'ai bien envie de vous écrire une bonne chanson. Voyons-nous bientôt.

– Volontiers, monsieur Amade.

Volontiers remplace merci, que je débite sans arrêt. Hâbleur, Pierre Delanoë lance à la ronde...

– Mais quel âge a-t-il ? Vraiment il fait très jeune.

Qui ça, moi ? C'est toujours d'un autre que l'on parle, un double que je pousse en avant avec sa mèche en travers des yeux. René Villard sort Hervé Vilard en société.

Au salon bleu, il n'y a pas foule autour de l'estrade. Daniel Cordier est déjà là, en grande discussion avec Dalida. Elle n'a jamais été si belle. Exceptionnellement, je réclame un whisky sec, ça calme. L'alcool brûle ma gorge et pique mes yeux, pas seulement l'alcool, je suis ému de les voir tous les deux côte à côte. Daniel et Dali, le père et la mère d'un rêve, vivants, souriants. Et rien ne se brise, rien ne me réveille. Il faut que j'apprenne à recevoir cette douceur, à ne pas la laisser suspendue devant moi, prête à se fracasser sur le sol comme du cristal. Mais si les rêves se réalisent, le pire peut bien se produire aussi.

À droite, à gauche, sans cesse des gens me frôlent, me pincent la joue, sans voir combien ma tête est lourde sous la casquette de la gloire. Mais j'ai le dos solide. Mes muscles se tendent et je respire à peine pour embrasser les deux êtres que j'aime. Rien à faire, la douceur me blesse. Dans la rue, si une dame rajuste le col de son petit garçon, si j'aperçois deux amants main dans la main, un baiser volé sous une porte cochère, cette image me rejette hors du monde. Entre la tendresse et moi courent des fils de fer barbelés.

Maurice Chevalier arrive pile à l'heure, je le trouve intelligent. Ce jeune homme qui frise les quatre-vingts berges me prend tout de suite par l'épaule. Moulinant des bras, il m'emporte sur l'estrade pour me féliciter devant cent personnes.

– Tu ne connaîtras la jouissance de ton métier que dans la durée, mon petit gars.

J'admire sa joie. Ses yeux abritent le fond du bonheur, en riant fort il évoque ses hauts, ses bas, « J'en ai connu, crois-moi », avant de conclure en chantant *a cappella* le refrain de *Capri c'est fini*.

– Vas-y, fonce, mon filleul !

C'est Maurice qu'on applaudit quand le directeur de la Sacem me tend la médaille du meilleur espoir compositeur de l'année. Dalida, en marraine, m'embrasse, ses pointes de cheveux font frissonner ma nuque. Me voilà baptisé dans le show-biz par deux monstres sacrés. Maurice Chevalier a broyé ma main, avant de filer à Londres. Sous les flashs, Dalida baise mes sourcils, heureuse pour moi, mais elle ne saura jamais rien du petit René.

Daniel, seigneur du naturel, l'invite à déjeuner.

– Eh bien allons-y, où vous voudrez. Je vous suis en Austin-Cooper… Ça ne vous dérange pas ?

C'est fini. À Paris, quand on ne sait plus trop quoi faire, on rigole en jetant la tête en arrière. Et puis chacun rentre chez soi. Mais nous, maintenant, on va manger avec Dalida.

Daniel presse un peu la manche de mon blazer.

– Pas « manger » Hervé, on dit « déjeuner ».

Au Roi des Coquillages, les vedettes s'installent à l'abri d'un paravent. Dalida peut ôter ses lunettes noires. Son compagnon, Christian de La Mazière, nous rejoint. Ce colosse nous prie de rester assis.

Tout de suite, Daniel engage la conversation sur moi.

– Je vous avouerais que l'on ne s'attendait pas à un tel succès. Hervé est encore sous ma tutelle et je dois veiller à la signature de ses contrats. Nous aurions bien besoin de vos lumières.

– Hervé n'est pas un feu de paille, j'en suis certain, fait le gentil colosse.

Me voilà rassuré.

– Que prendrez-vous, madame ?

Tous les trois commandent une sole meunière, moi je la préfère grillée. De toute façon, je vais gober des mouches, sidéré d'être là.

Daniel règne.

– Un peu de vin ? Sancerre blanc ? Pardonnez mon ignorance, mais je n'ai nul désir de devenir impresario. En connaîtriez-vous un bon ? Ce Bernard Hilda, que vaut-il ? Je ne suis qu'un marchand de tableaux, vous savez...

La Mazière fait la moue.

– Bernard Hilda est très bon chef d'orchestre et bon impresario international, mais il ne connaît rien à la France. Je ne suis pas certain qu'il sache où se trouve Carpentras, si je peux me permettre, monsieur Cordier.

Moi non plus, je ne sais pas où est Carpentras.

– Allez-y, je vous en prie, éclairez-moi.

– Un artiste a besoin d'être protégé, moi j'accompagne Dali. J'ai découvert ce métier avec elle. Bien avant cela, très jeune, comme vous le savez sans doute, je me suis engagé dans la division Charlemagne…

Il y a un blanc, soudain la rumeur de la rue traverse notre déjeuner. Cordier reste de marbre sans croiser mes yeux. La Mazière acquiesce et murmure.

– Je sais quel rôle vous avez joué dans la Résistance, auprès de Jean Moulin… Moi, j'ai pris un autre chemin. Aujourd'hui la paix est revenue, j'ai payé…

Dalida, au bord de la table, a eu un mouvement de recul. En apparence rien n'a changé, sauf ce vide dans son regard et une angoisse érectile sous sa peau fragile. D'un revers de main, Daniel chasse le silence.

– Continuez, je vous en prie.

– Maintenant j'encaisse l'argent et les coups. Il y a deux ans, les ventes de disques de Dali s'effondraient, plus personne n'y croyait, mais elle a rattrapé le train de justesse, Marouani n'y est absolument pour rien.

Tendrement, Dalida pose sa main sur la mienne, ça me plaît. Un peu de strabisme charme son œil gauche, nerveux. Sa voix me fait le même effet que ses cheveux noirs d'autrefois.

– Tu sais, je t'ai regardé l'autre soir dans le show de Georges Ulmer à la télévision, on sent que tu y crois. Ne t'occupe de rien, donne-moi simplement de belles et bonnes chansons et le public viendra.

Je ne suis pas ce qu'elle croit, je ne suis pas vedette. Du bout de mes doigts, je masse un peu ma tempe.

La Mazière, en sueur, quitte son veston.

– Ce qui est sûr, c'est qu'on ne sait jamais rien d'avance.

– Qui est Marouani ? demande Daniel.

– L'impresario de Dali et de beaucoup d'autres artistes. Il prend 20 % en toute légitimité.

– Tant que ça ? À quel titre ?

– Pour rédiger un contrat bourré de fautes d'orthographe... D'ailleurs, il n'existe pas qu'un seul Marouani, toute une smala originaire de

Tunis tient les rouages de notre beau métier. Gilbert, Jacques, Charley, Maurice, appelons-les les héritiers de la décolonisation…

Je n'écoute pas, massant toujours ma tempe, les yeux dans le vague. J'aime bien mon malaise. Il est naturel quand on déjeune à la droite de son plus beau rêve d'adolescent. Quand Dali me parle, mes pensées s'embrouillent.

– As-tu déjà fait de la scène ?

– Plein ! Je vais chanter dans les bals, je passe en attraction avec trois musiciens. On arrive à se faire cinq villages dans un week-end.

Quand Dalida rit, elle sent bon.

– Très bien, j'ai connu ça, c'est le métier qui rentre. Continue, vas-y !

– Pour l'instant, nous ne sommes allés que dans le nord de la France, un peu dans l'Est. Là-bas, c'est la folie, les gens s'entassent, debout les uns sur les autres, dans les salles des fêtes du bassin houiller. J'aime ça. Le seul ennui, c'est que je rentre chez moi le lundi matin avec les poubelles. Pendant tout ce temps-là, maman m'attend. Elle ne dort pas bien.

Je suis fier d'avoir fait apparaître ma mère à la table.

– Comment va-t-elle depuis vos retrouvailles ?

– Ça va… Elle n'est pas décevante. Je vous remercie.

Je n'aurais pas voulu dire décevante, un instant j'imagine que Dalida a dû voir la photo, les titres en gras, les yeux de ma mère, les crieurs de journaux au coin du boulevard. Troublé, je dis ce qui me vient.

– Au fond, j'ai hâte d'être à samedi prochain pour tenir un micro.

La Mazière soupire

– Et les filles ?

– Oh vous savez, les filles… Il faudrait déjà que j'en trouve une pour répondre à mon courrier.

Dalida éclate de rire, et Daniel reprend la conversation.

– Connaissez-vous cette expression d'avant-guerre pour les danseurs qui allaient d'une fille à l'autre dans les bals populaires ?

La Mazière fronce ses sourcils épais, Dalida tend son menton.

– On les appelait… des papillons.

– *Ma que bella parole*, s'exclame Dalida en joignant ses mains telle une madone. C'est très joli et tellement vrai. Le public est comme les papillons, il se pose sur vous puis s'en va voir ailleurs, il faut savoir l'apprivoiser avec… *Come se chiama une fileto en francese…*

Elle s'enflamme dans sa langue maternelle avec un ballet de gestes aériens au-dessus de la table. Aucun de nous trois ne voit ce qu'elle veut dire.

– Ma si, ma si !

Sa voie monte rieuse. Comment les clients du restaurant font-ils pour ne pas l'entendre, pour ne pas reconnaître l'accent singulier qui roucoule derrière le paravent ? Pourquoi ne se bousculent-ils pas pour lui faire signer un autographe ? De plus en plus vite, ses mains s'agitent au-dessus des verres, les bracelets tintent à son poignet.

– Mais si, vous savez, cette chose avec laquelle on attrape ces bestioles…

Fasciné par ses ongles vernis, soudain je lance :

– Une épuisette.

Elle explose

– Bravo, *grazie*, *catso…* C'est ça, une *épouisetté* !

Puis, sagement belle, de ses épaules elle se cale au fond du fauteuil, un sourire étincelant aux lèvres.

Penché vers moi, Daniel me dit tout bas.

– On dit « filet », pas « épuisette ».

Les appliques et leurs lueurs d'ivoire se reflètent sur la moire des murs. Dans une heure, il fera noir. La nuit, les artistes ont un double. Dalida est déjà absente, songeuse. Je crois que tout ce que nous a dit La Mazière l'oppresse un peu.

– Observez qu'il n'est pas simple pour une Égyptienne qui ne s'exprime en privé qu'en italien de chanter en français. Mais dis-moi, Hervé, si cela n'est pas indiscret, qui t'envoie chanter dans les bals ?

– Eh bien des agents de province qui contactent ma maison de disques.

– Combien tu touches ?

– Oh c'est variable, 500 ou 600 francs par week-end. Je gagne bien ma vie.

– Mon Dieu, ne va pas clamer ça sur les toits, malheureux. Il y a anguille sous roche. Tout ce beau monde doit drôlement se servir au passage. Voyez-vous, cher Cordier, l'important c'est de laisser toujours un œil en coulisse, et le bon. Nous avons une expression aussi vieille que le music-hall : « Pendant que la bête chante, on croirait entendre voler un impresario ».

Moi, je m'en fiche de la billetterie. Le repas est fini. Ce qui m'inquiète, c'est de savoir si nous allons nous revoir, si nous sommes devenus amis. De son sac, Dalida tire une petite carte, avec un stylo d'or, fin comme un clou pour noter son numéro.

– Donne-moi le tien, *catso*... Je dois soutien à mon filleul et je l'invite fin janvier pour un Musicorama à l'Olympia, même s'il n'a pas encore d'impresario.

L'Olympia. Je baisse le nez dans mon café brûlant en essayant de contenir le tremblement de mes épaules. Je prends son numéro.

Nous nous sommes levés, tous les quatre. Les serveurs ont replié sans bruit le paravent.

Sur le trottoir, Daniel et moi, côte à côte, les regardons partir. Le colosse a du mal à entrer dans l'Austin. Au moment de démarrer, ils baissent la vitre teintée et crient ensemble.

– Si tu as besoin de quoi que ce soit, appelle.

Ma marraine tient le volant. Les pneus crissent, La Mazière rouspète. Dalida s'éloigne en italien, Daniel et moi restons là jusqu'à ce que son accent se perde dans le trafic.

– Marchons un peu, fait sobrement Daniel.

Au bout de trois pas, réjoui, il ne peut pas s'empêcher de me dire l'évidence, lui non plus n'en revient pas.

– Tu te rends compte de la chance que tu as ?

Paris nous enveloppe, les vitrines scintillent. Je me souviens de notre premier déjeuner, en été, rue Jean-Mermoz. C'était il y a des années, c'était il y a trois ans. Aujourd'hui je ne suis pas tout à fait quelqu'un, mais je participe à l'énergie générale.

Je l'écoute sans un mot. Toute ma vie, je crois que Daniel parlera et moi je ne dirai rien. Mais peut-être en est-il ainsi entre les pères et leurs fils. Je voudrais l'embrasser, mais non, faut pas pousser.

– Hervé, écoute-moi, tes droits d'auteur constituent déjà un joli magot que tu toucheras à tes vingt et un ans. Tu es riche. Tu continues à prendre des cours de chant ?

– T'as vu, on m'a reconnu, les gens me font signe dans la rue. C'est pas pour ça que je vais porter une médaille avec une chaîne en or, crois-moi.

Daniel s'arrête net.

– Garde-toi de l'orgueil qui ternit tout. Et pour ta mère, as-tu réfléchi ? Tu es certain qu'il faille vraiment vivre avec elle ? Prends-lui un studio en attendant.

– …

Répondre la vérité serait une défaite entre nous, il le sait bien. De ma mère, je n'avouerai rien à personne, même pas à lui. Il frotte ses paumes en rejetant l'air froid de ses poumons. Je ne dirai jamais dans quel destin fracassé ni dans quelle agonie je l'ai retrouvée. Le broc d'eau sur le seuil du taudis, l'œuf dur enveloppé d'un papier gras. Combien de bouteilles vides j'ai ramassées sous l'évier. Lui dire tout cela, qu'elle titube, qu'elle boit, serait capituler.

Personne n'en saura rien.

Un père préoccupé disparaît dans un taxi.

– Fais comme tu voudras, mais viens dîner le mois prochain.

Place Clichy, le Gaumont-Palace affiche *La Fièvre dans le sang*. J'aimerais bien voir ça, mais avec qui ? Assis sur un banc, sous un platane qui se défeuille, je note en haut d'une page de mon carnet : « Bal des papillons ». Dessous, j'inscris ma nouvelle devise, dont je change tous les huit jours : « Les rêves ne se réalisent jamais sans quelqu'un ».

Rue Truffaut, le disquaire expose mon premier 33-tours en vitrine, pincé sur une corde à linge comme une chaussette. Et pour Vivi, je rapporte du saint-émilion.

Bien avant que je chante, ici, les volutes de fumée sortaient déjà des cheminées pointues et se mêlaient au brouillard. Paris novembre. Vieilles baraques et ateliers subsistent dans mon quartier malgré la poussée des immeubles. On y est bien. Les gens n'ont l'air ni pauvres ni riches. C'est jeudi, jour de marché. Au square des Batignolles, on jouera aux boules jusqu'à ce qu'il gèle. Maman marche mal, il faut que je l'accompagne bras dessus, bras dessous, sinon elle ne sortirait pas.

En trombe et en patins à roulettes, les gamins dévalent la rue des Dames. Maman veut manger des mangues, maman a envie de poisson. J'aime qu'elle désire quelque chose. Il lui faut de l'ail pour son aïoli. « Ça planque l'haleine du picrate », siffle-t-elle. Il lui faut du persil aussi, mais pas de viande.

– Je n'en ai pas beaucoup mangé dans ma vie, mais je prendrais bien un petit ballon au Fontenoy.

– Vous, vous êtes nouveaux dans le quartier ? nous fait l'affûteur de couteau, au comptoir.

Aussi sec, elle répond :

– Espèce de curieux. Avant toi, par ici, on buvait du sang frais... À la Croix-de-Chavaux, on m'appelait la petite frisée. À l'époque je tenais sur mes jambes et mes seins inspiraient confiance. Toi, tu me rappelles quelqu'un que j'ai bien connu.

Maman a l'œil qui brille et l'accroche-cœur laqué. À son côté, je peux tout entendre. Du seuil de sa boutique, un barbier guettant le client me crie « Salut Capri ! ». Les informations circulent vite sur le marché. « Fais-la rire, fais-la rire ! » me lance la fleuriste. « Elle est sensass, ta nouvelle chanson, on n'entend plus que ça à la radio. » Je dois répondre aux maraîchers comme à de vieilles connaissances. Je piétine, je me défile, l'essentiel est de n'être jamais désagréable.

– Ah oui, le chou, c'est très bon, madame. Mais non merci, une autre fois.

Je répète ma sympathie à la poissonnière, plutôt mourir que de paraître prétentieux, et puis j'aime bien la poissonnière.

– Mangez du poisson pendant que de Gaulle nous casse des œufs sur la tête. Mangez du poisson, c'est bourré de phosphore.

Maman lui réclame deux merlans.

– Et voilà, deux merlans pour la belle dame tout heureuse d'avoir retrouvé son fils. Deux très beaux qui n'ont même pas l'œil mort, voyez que je me tiens à la page, fait la criarde aux pommettes rouges.

– Figurez-vous, madame, que la semaine dernière j'ai enveloppé ma marchandise avec un vieux *France-Dimanche* et vous étiez tous les deux à la une. Dites, c'est triste mais c'est beau, votre histoire. Oh, votre manteau doit vous tenir bien chaud, ma belle dame, ça doit casquer, c'est du renard ?

La commère insiste.

– Ça a coûté combien ?

– Mais rien, c'est du guanaco, fait ma mère. De toute façon, c'est jamais moi qui paye, c'est lui qui chante, donc c'est lui qu'a les biftons.

Pendant la causette, un bambin a cherché à me faire les poches, j'ai eu le temps de saisir son poignet plongé dans mon cardigan.

– On me la fait pas à moi, fiston, je viens d'où tu viens, j'en sors à peine. Tiens, prends-le, le billet.

Ce mouflet, avec sa frimousse de Beatles, je le connais mieux que moi-même.

J'aime marcher au bras de Vivi, ce n'est pas qu'on aille vite, ça non, c'est que l'air lui fait du bien.

– Alors, t'es connu tant que ça, t'es vraiment une vedette ? Merci de ne pas avoir changé ton nom. Bon, c'est pas le tout, maintenant je boirais bien un petit coup pour faire glisser tout ça.

– Écoute, Vivi, même si je deviens riche, c'est pas pour acheter un bistrot.

Le barbier est toujours sur le pas de sa porte, à nous épier.

– La barbe, vous, mêlez-vous de vos poils.

Après la halte au Fontenoy, voilà qu'elle titube, je la soutiens en passant mon bras sous le sien. Moi aussi je suis content. Elle est tellement heureuse quand elle est grise. Son front dans mon épaule, elle susurre :

– Tu es à moi. T'inquiète, personne n'en saura rien.

Je l'ai confiée aux bons soins de Pierrette, une femme de ménage solide et capable de l'occuper à dépouiller les lettres d'amour qui affluent. Les vitres seront bien nettes, les parquets cirés, et des centaines de photos à dédicacer, en tas sur la table, attendront mon retour.

Sur la route, le trac me reprend. Avant de chanter, la panique rôde. De la guitare de Jean, de la batterie de Charly, et du bassiste inconnu, j'attends la fureur et le désir. Mais j'en ai ma claque, à chaque week-end c'est pareil, un musicien se fait remplacer au dernier moment. Sans bonne musique, je ne sens rien d'intime. Mes chansonnettes ne sont pas du Léo Ferré, d'accord – on me l'a déjà dit –, mais j'ai besoin de la violence du son.

Fais-la rire, fais-la rire...
Pour elle tout peut recommencer.

À vue de nez, pas de quoi crever de trac, j'ai beau me dire ça dans la 404, rien n'y fait, mon trac est digne de Léo. De quoi j'ai peur puisque ça marche ? Les bains de foule, j'en jouis d'avance dans la 404. Ma seule consigne est que le public ne monte jamais sur scène.

Quand je chante, faut pas qu'on me touche.

Chanter vingt minutes dans un bouge à Roubaix en respirant l'huile de frites, maintenant ça me connaît. Au bar, sous les néons ternes, la bière coule à flots. Devant la scène, des filles et des garçons me tendent les bras, en vain, mon agent Robert Trébor me sort de force des rappels et des suppliques. On m'enveloppe d'une serviette éponge comme un boxeur, je vole, je ne suis plus qu'un paquet, nageant dans la sueur.

– Vas-y, fonce dans la Mercedes, je te conduis, frime l'agent de service.

– Eh, les musicos sont déjà partis ?

Je pars chanter sur la frontière belge dans un bled dont je ne sais même pas le nom. C'est le cadet de mes soucis. Sur les routes, brutalement, les phares jaunes deviennent blancs. Nous roulons en Belgique, sans passeport.

Sur la nouvelle scène, c'est irrespirable, une rampe de projecteurs rouges m'aveugle et brûle le crâne des musiciens. En trois secondes je dégouline, devant moi la marée humaine étouffe. Ça sent l'embrouille, c'est pas facile. Je pars moche avec un trémolo sur ma première chanson, ma voix est mate. Je vais pas réussir à monter ?

Un monde à la mesure
De nos je t'aime
De notre chance,
Aux dimensions de notre amour,
Un monde fait pour nous.

Les Belges la connaissent par cœur et me couvrent à tue-tête. Leur sono est pourrie. J'ai posé discrètement ma main sur ma bite, elle est toujours là. Les musiciens jouent à fond dans la deuxième pour redoubler la pression.

Fais-la rire
Fais-la rire
Car avec moi
Elle a trop pleuré.

Je suis en eau, on clame : « Une autre, une autre. » Pour l'instant, rien à redouter, je suis encore plus embringué qu'eux. Jouer de la basse dans l'air moite, c'est pas évident. Dès l'intro de *Capri*, les doigts du bassiste glissent sur les cordes. Un tremblement s'élève du plancher, de la piste de danse, ils tapent des pieds.

C'est fini, je ne crois pas
Que j'y retournerai un jour.
Fini, fini, fini, fini.

Je salue au moment où la sono craque, vidée par la condensation.

– Pas question que tu bisses *Capri*, me gueule Trébor dans son patois du chnord. Tin vin min garchon, ché fini.

Encore soixante-dix bornes à faire pour rallier Hénin-Liétard. Je n'atterris plus. Trébor, lui, reste terre à terre.

– Tu dois encore poucher la chanchonnette dans les corons a'l deux'heures du matin.

Les papillons ont encerclé la Mercedes, un couple d'amoureux me hurle : « Faudra revenir ! » Les uns agrippent le coffre, les autres se jettent en travers du capot. Je baisse ma vitre, une fille me saute au cou et m'embrasse à pleine bouche tandis que ses ongles me rentrent dans la paume.

– Attention, vous allez finir par en écraser une, Trébor !

– Maintenant je charge, si tu veux pas te faire lyncher. Relève ta vitre, nom de Dieu, attention au chaud-froid, j'ai encore besoin de ta voix.

Mon bras salue par la vitre ouverte, j'ai le temps de me retourner, au loin des signes victorieux dansent avant de se fondre à la nuit du premier virage.

– Je veux savoir comment s'appelle ce bled.

– Mouscron.

Trebor glisse 500 francs dans la petite poche trempée de ma veste.

– Merci, monsieur Trébor, je m'en souviendrai de Mouscron.

Cette nuit, au fond des mines, le Rex n'est plus un cinéma, c'est une salle de danse et de banquet. Dans ma loge, une vieille chaise de jardin. Le plâtre s'effrite sous un portrait Harcourt de Dario Moreno. Il est 2 h 30 du matin. Le sosie d'Alain Barrière en costume d'or achève son récital entouré de quatre danseuses emplumées. J'attends. Ma venue à Hénin-Liétard est paraît-il un honneur, monsieur le maire tient lui-même à me présenter au public du Lion's club. « On passe tard à Hénin-Liétard », les musiciens répètent ce jeu de mots avant de m'avertir qu'ils voudraient vraiment aller au lit.

– Tu comprends, deux petites cailles nous attendent gentiment dans la 404. Ça ne te dérange pas qu'on les emmène à l'hôtel, hein ? On dort dans un bled qui s'appelle Foulquières-les-Lens, elles nous montreront le chemin.

Je suis heureux de savoir où l'on va dormir, je ne sais pas pourquoi, ça me fait du bien.

– Si tu veux, on pourra te faire croquer ? Les filles sont folles de toi.

– Regarde mes mains, Charly, elles les ont déchiquetées. Je vais garder ça en souvenir de Mouscron. Je ne coucherai jamais avec les fans.

Enfin, monsieur le maire m'annonce. Sur la scène du Rex, toujours aimable, je pose en photo avec le sosie d'Alain Barrière. Monsieur le maire est fier d'offrir ma présence aux membres du Lion's club, pour lui aussi, photo et longues poignées de main. L'orchestre attaque doucement dans la salle pleine d'écho. L'accueil me paraît mou. Qu'est-ce qu'ils foutent, ils dorment sous la boule à facettes qui balade ses étoiles sur les murailles ? L'assistance reste accoudée aux tables semées de bouteilles vides, ils parlent sans m'écouter ou lorgnent le fond de leur assiette. Je suis démodé avec ma chanson d'espoir ? Sono encore inaudible. Soudain le maire se lève dignement, invite sa compagne à danser, aussitôt des dizaines de couples se lèvent et se mettent à tourner sans un regard pour moi, comme si j'étais un disque en fond de salle. Je risque l'artificiel. Ils dansouillent pendant que je me crève. Rien ne se passe. Je ne sens rien. Est-ce que je dors ? Est-ce que je rêve ? Ça va pas. Sans tact, je demande à l'orchestre de s'arrêter net et je me mets à parler dans le vide.

– Désolé, messieurs dames, on ne danse pas pendant que je chante. Je ne suis pas un chanteur de bal.

Du coup, ils sont tous parfaitement réveillés et se mettent à crier des hou, des ha, avant de me jeter des serviettes sales, j'entends même un « Espèce de petit prétentieux, pour qui que tu te prends ? ».

Je n'en reviens pas, moi l'idole de Mouscron. Je ramasse deux-trois serviettes pour les leur balancer à mon tour, et puis je laisse tomber, merde, serviette, rideau. Qu'ils tirent leur tombola sans moi.

À la sortie du Rex, Trébor pue la Pelforth.

– Ah, toi l'artichte, t'as déjà pris la groche tête.

– C'est ça, Trébor, mais j'irai jusqu'à Foulquières-les-Lens sans Mercedes, je préfère rentrer avec les musiciens. Et à tout à l'heure pour un gala galère !

Dans la 404, mon humeur grince sur les pavés du Nord. Sonia, taciturne, grignote une mèche de ses cheveux d'or. Katia, elle, rêve d'être chanteuse, en attendant elle se laisse caresser le fond de l'entrecuisse par un guitariste chauve qui pourrait être son père. Les deux groupies polonaises jurent qu'elles m'admirent, je suis perplexe. Un ange passe sur les routes du Pas-de-Calais. Tant de mains se sont tendues vers moi au cours de la soirée. Je regrette déjà mon emportement au Rex, je me suis puni tout seul, il fallait les laisser danser, les emmener dans mon voyage. C'est ma faute, je suis un con.

Au bord des routes, d'un coup, les terrils apparaissent posés comme des planètes. Derrière, les hauts-fourneaux crachent leur venin. À six heures du matin, les mineurs sont au travail, mais non, c'est dimanche. L'œil humide, je ne cerne plus rien. L'hôtel des Gueules-Noires me fait l'effet d'un sous-marin. Ma grosse tête passe encore à travers la porte. Ça pue le renfermé. Il n'y a plus de papier cul. Merci Kleenex. Je ne suis pas si con : jamais partir à l'aventure sans ses Kleenex. Il en faut pour essuyer ses larmes, et sa merde. Avant d'éteindre, je veux tenir mon carnet de bord, inscrire ce que je viens de vivre et ce que je viens de lire dans Albert Camus : « Je crois à la justice, mais je défendrai ma mère avant la justice ».

Dormir. La chambre doit être libérée à midi. Le robinet d'eau chaude réveille la canalisation. Des rires grivois traversent déjà la cloison, trois mecs chauves pour deux jolies filles de Pologne, ça fait beaucoup je trouve.

Terre des dieux d'où sort le charbon. Cet accent, la saveur des expressions du Nord, je ne les saisis pas bien, mais leur bonne humeur est contagieuse. Ici, ils te regardent passer en laissant bâiller un petit rideau à carreaux blancs et bleus. Le tablier des gosses du coron est dans le même tissu. Je marche à la recherche de ma propre joie. Le brouillard allège les murs de briques. « Il va neiger », me dit une mamie avant de me promettre qu'elle viendra me voir chanter à l'amicale sportive. Foulquières s'apprête à fêter la Saint-Nicolas. À l'heure de l'apéro, le café Pioche s'illumine, je prends mon petit déjeuner parmi les mineurs, deux grosses tartines trempées dans du café à la chicorée. Je me remets doucement d'hier soir. Après un franc bonjour de leurs mains écorchées, les mineurs de vingt ans, trente ans, parfois plus, m'entreprennent. « Alors, c'est toi *Capri*, c'est vraiment toi le chanteur, en vrai ? Je te voyais grand comme sur ton affiche. » Accolés au bar, ils arrosent une naissance avec *Le Petit Quinquin*.

– Dis, ma femme connaît ta vie, on t'aime bien dans la famille… T'es comme nous, rien d'autre qu'un fils du peuple.

Leur présence me rend fort. Je vois le charbon incrusté au coin de leurs paupières, leur vie pour la mine, le partage immédiat. Au bal des papillons, on a dansé sur moi et bu de la bière en habit du dimanche.

J'ai tout chanté deux fois.

La première neige crisse sous mes pas. Trébor m'engage à venir à Maubeuge, à Arras, à Béthune, dès le printemps prochain.

– Je le jure, Trébor, la main sur le cœur. Sans rancune, je reviendrai.

Le carillon sonne le quart d'heure au sommet du beffroi. Il cogne dans ma tête aussi. J'ai une sacrée migraine… S'ils savaient qui je suis vraiment, m'aimeraient-ils encore ? Vivre avec l'inavouable, c'est ma manie d'enfance. Ici, j'étais chez moi, demain, on verra bien.

Donner donne de la joie. Après les corons, j'éprouve celle de rentrer chez moi poser mon sac. Dans l'appartement, pas un bruit, juste un gémissement qui semble monter de la cour. Au salon, le téléviseur grésille sans image, une bande noire traverse l'écran, inlassablement, de haut en bas. Maman s'est probablement couchée, sans éteindre le pick-up par peur de s'électrocuter. Le saphir s'use et craque sur le dernier sillon de mon 33-tours. Après le tourbillon du week-end, le calme de la nuit me pèse. J'irais bien jerker au Tabou, frimer, j'ai besoin de raconter aux copains mes exploits, mes galas du Nord, d'entendre une ombre crier à mon oreille qu'elle a envie de moi.

D'ici cinq jours, je serai à Madrid pour enregistrer, moi qui ne connais que deux mots d'espagnol : *gracias* et *buenas noches*. La fenêtre est entrouverte sur la cour, un courant d'air porte toujours le même gémissement. En me penchant à la rambarde, je m'aperçois qu'il vient de la salle de bains.

Maman est à terre, la tête penchée sur la baignoire sabot. Elle me dit qu'elle a bu du vinaigre parce qu'il n'y avait plus de vin.

– Laisse-moi, je ne te mérite pas.

Je ris en voyant des lettres éparpillées autour de son corps trop lourd à relever. Elle délire et je ris.

– Mais qu'est-ce que t'as fait, Vivi ?

– Laisse-moi, tu me saoules. Si au moins je savais lire ou écrire, j'aurais pu t'aider à répondre au courrier. Ferme la fenêtre, que vont penser les voisins ?

Elle pâlit, c'est une masse.

– Aide-moi.

– Relève-toi ou j'appelle un médecin.

Elle crache sa bile jaune à l'odeur nauséabonde. On ne rit plus. Son œil méchant tourne.

– Arrête, tu me saoules. Appelle, appelle ! Comme ça, tu seras débarrassé de moi. Tu sais que ta femme de ménage n'a pas fait les carreaux ? La Pierrette, elle a bu encore plus que moi.

Le médecin, distant, me laisse un diagnostic avec une ordonnance sur la table.

– Écoutez…

– Oui, j'écoute.

Il simplifie.

– Vinaigre plus Valium, il lui faut vite un lavage d'estomac. Cœur faible, risque de delirium tremens. Avez-vous un téléphone, qu'on la transporte boulevard des Maréchaux? Vous la verrez demain à l'hôpital Bichat… C'est 120 francs, tarif de nuit.

Le docteur Barry s'en lave les mains avant de disparaître. Après, j'attends. J'éteins les lampes, je les rallume. Dans sa chambre, je vais voir si ma mère respire.

Ils engouffrent le brancard dans l'ambulance. Le gyrophare tourne en silence au milieu de la rue Nollet. L'enfer muet me soulage. Ils vont bien s'occuper d'elle, la soigner. Si j'étais rentré demain, que serait-il arrivé ?

Je ne l'accompagne pas. Demain, ils ont dit. À la lueur d'une lampe, je lis des lettres d'amour sur le parquet. Je m'allonge, je me relève, je sors.

Cette nuit je vais me prendre pour un Rolling Stone au milieu de la piste, sortir ma frime, aller dormir chez un copain, une copine. N'importe où, mais pas chez moi. Sans la mer de courrier étalée au milieu le salon, je serais capable de ne plus jamais revenir.

Bichat. À travers la cloison de verre, l'infirmière me demande d'aller m'asseoir. Je n'ai pas dormi, le gin tonic fait tanguer le lino tandis que la file d'attente s'allonge. Une femme forte, en béquilles, passe devant moi. Un unijambiste se plaint.

– J'ai fait la guerre, c'est bientôt Noël. Aujourd'hui les gens ne respectent plus personne.

Mon tour arrive enfin. L'infirmière coiffée me fait entrer dans une salle vide. Va savoir pourquoi, maintenant j'aime cette odeur d'éther.

– Vous êtes l'artiste ? Avez-vous ses papiers ou un numéro de Sécurité sociale ?

– Lesquels ?

– Ceux de madame Villard, c'est bien votre mère ? Êtes-vous savoyard ?

– Non, je n'ai rien et je n'y connais rien. On s'est retrouvés, il y a deux mois à peine…

À son regard, je devine qu'elle connaît l'histoire, je le prends comme un bon présage. Une infirmière peut bien lire *France-Dimanche*.

– Eh bien bravo, monsieur le chanteur. Le docteur Kelling va vous recevoir.

C'est formidable, l'hôpital. Être aidé, assisté par la France. Des ombres glissent sur le sol. Un homme jeune en jean sous sa blouse blanche se présente.

– Docteur Kelling.

Il est jeune pour un médecin, trente-cinq ans maximum.

– Marcelle Villard, c'est bien votre mère ?

– Oui… Mais son véritable prénom, je crois que c'est Blanche.

– Rien ne nous le prouve puisqu'elle est sans papiers.

– Je vais les chercher si vous voulez…

– On me dit que vous êtes artiste, moi je n'ai jamais entendu parler de vous. Mais soyez rassuré, artiste ou pas, l'hôpital est pour tout le monde.

Ce gentil mec enroule ses petites mains l'une sur l'autre quand il parle.

– Blanche Villard est gravement alcoolique, elle doit absolument se faire désintoxiquer. La cirrhose la guette. L'ennui, c'est qu'il n'existe aucun service à Bichat, il faudrait la transférer à l'hôpital de Garches ou en province. Croyez-moi, je suis spécialiste de cette maladie. Il existe bien des cliniques privées, c'est plus cher, et plus discret…

– Privées ?

– Oui, une clinique comme celle de la rue Spontini, où je consulte cinq jours par semaine. Le privé est un luxe, il n'est pas encore remboursé par la Sécurité sociale.

Il est sympathique et direct, ce docteur, si j'osais j'embrasserais ses mains. Je sens bouillir le monde dans une salle vide. Le passé n'a plus d'intérêt. On va repartir de zéro.

– J'aimerais la voir, docteur. J'ai peur qu'elle refuse une clinique. Je vais essayer de la convaincre. Vous m'aiderez. Allons-y pour la clinique Spontini. Personne n'en saura rien.

Dehors, à travers la vitre, les branches de sapins s'agitent.

– Elle va vraiment mal, Docteur ?

– Son foie est atteint.

– Alors c'est grave ?

– Assez. Vous aussi, vous avez mauvaise mine.

– Mais moi j'ai dansé toute la nuit.

Dans le couloir, un vieux en pyjama rejette des bouffées de papier maïs.

– Il faudra combien de temps pour la sortir de là ?

– Entre six à huit semaines, au moins. Les alcooliques ont des rémissions, des rechutes… Ça peut durer des années. Si elle récidive, vous devrez sévir.

Devant la chambre 17, j'ai l'impression d'être à demi-mort. La tête comme un chou-fleur, ma mère a enfilé une chemise de nuit qui s'attache dans le dos. La bouteille de sérum fait des bulles, reliée à une sonde plantée dans son bras.

– Tu m'en veux, hein ?

Elle n'a plus rien à rendre dans son crachoir de porcelaine, mais elle crache.

– Non, tu dois simplement te soigner. Le docteur Kelling est formel. Faudra prendre les cachets et faire une cure de sommeil.

– Votre fils a raison. Dès demain, nous allons vous transférer dans un bel établissement où vous serez très bien. Là-bas, c'est moi qui m'occuperai de vous.

– Où ça, là-bas ? J'étais très bien toute seule, avant... René, trouve-moi un petit logis près de chez toi.

– Je te le promets, maman, tu l'auras, ton petit logis.

– Pars pas. Attends que je m'endorme. Quand je ferme les yeux, je veux te sentir à côté.

Elle soupire, apaisée. Avant de s'endormir, elle murmure :

– D'accord.

En lisant mon courrier, je souris. Les fans aiment un inconnu et cet inconnu c'est moi. Le courrier est toujours pareil et toujours différent : « Tu es beau », « Tu es un grand chanteur », « T'as du fric ? », « Peux-tu m'envoyer ta photo dédicacée ? », « Je t'aime ». « J't'aime. » Un débrouillard m'avancerait bien pour décacheter les enveloppes et déchiffrer les écritures. Mon index fatigue, chaque jour j'arrive à écouler jusqu'à deux cent trente cartes postales. Chacun aura sa dédicace, je suis une vedette consciencieuse : « Bises à Denise », « Tendresse à Agnès », « Salut à toi, Jean-François ». À force de lécher les timbres et les rabats d'enveloppes, mes lèvres sont toutes sèches. Bernard, lui, m'écrit en toute franchise : « Peux-tu m'envoyer un mandat, à Bayonne, en poste restante ? » Je vais lui rembourser son timbre, mais désolé, Bernard, le bonheur est éphémère et mon destin s'est chargé de gâcher la fête. En fait, de l'argent, je n'en ai pas, je suis mineur. Je me demande comment je vais pouvoir payer une clinique sans en parler à personne. Mais ce n'est pas la fin du monde. Je suis célèbre. On m'aime. Maman ne va pas si mal entre les mains du docteur Kelling. J'ai même retrouvé son livret de famille planqué sous son matelas. Ils l'ont installée dans une chambre rose. Avec des fleurs fraîches. Personne n'en saura rien. L'endroit, discret et calme, donne sur un jardin. Sans rechigner, elle prend ses vitamines. Et moi, je n'arrête pas de faire mes comptes. Même si Kelling se comporte en ami, j'ai dû verser quatre semaines d'avance à la clinique

Spontini. En partant pour l'aéroport, je me demande si marcher dans toutes les crottes de chiens du pied droit me porterait chance. Fait pas froid. Maman est bien soignée. Nous ne manquons de rien. Mais demain ?

L'aéroport sent le graillon. Tandis que je tends mon passeport, un garde civil me renifle, sa mitraillette pointée en avant. Avec leurs képis aux bords retournés, les flics ont l'air de licornes.

– *Bienvenudo en España, Señor Vilar, hablas español*?

– Pas du tout.

– Donnez-moi *su malleta.*

– Je ne comprends pas.

– Donnez-moi votre valise, c'est moi votre guide.

– Mais non, laissez, *gracias.*

– *Si, si, por favor, vamos a l'hotel de los Conquistadores.* L'autocar va nous déposer plaza de la Libertad.

Mon Espagnol au visage olive, je n'aimerais pas le voir se carapater avec mon bagage.

– S'il vous plaît, Fernando, *conquistadores* ça veut bien dire « conquérants » ?

– *Exato.*

– *Feliz año 1966*, ça je sais, ça doit vouloir dire « bonne année 1966 ». Pouvez-vous me traduire la suite de la guirlande lumineuse ?

– *Feliz navidad* signifie « joyeux Noël ».

– J'aurais dû m'en douter, alors *feliz navidad* !

– Pardonnez, *señor* Vilard, mais votre prononciation est incorrecte. Pincez votre langue entre vos dents pour le s et le z, il n'y a pas de *e* après le *d*, dites donc « *Feliz navida* ».

– *Gracias, Fernando.*

Dans l'autocar désert, je me lance :

– *Feliz navida.*

– *Muy bien*, *correcto*, je sens que nous aurons rapidement le plaisir de vous entendre chanter dans un espagnol parfait.

La nuit tombe sur la station Shell. Des ânes maigres, chargés de mandarines, déboîtent des chemins poussiéreux et forment leur caravane au bord de l'autoroute de Madrid. J'ai juste posé mes bagages à l'hôtel. On dîne tard sous les arcades, je m'attendais à l'odeur du poisson frit, mais dans l'air flotte un résidu d'été. Ici, ce n'est jamais tout à fait l'hiver.

Mon guide au crâne luisant de brillantine mâchouille un cure-dent. Sûr de lui, je le vois repousser une mendiante. La gitane enlace son mioche barbouillé en me foudroyant du regard.

– S'il vous plaît, Fernando, retournez donner une *peseta* à la gitane, je suis superstitieux.

Mon guide obéit et rapplique aussitôt.

– Vous êtes superstitieux ? Pardonnez-moi, dit-il.

– *Gracias*, Fernando, je ne sais pas, je dois être un peu gitan moi-même.

– Nous y voilà, *señor* Vilard. Entrez dans la casa Léon, le plus ancien cabaret gitan de Madrid. Toute la maison Philips vous y attend. *El director*, don Pedro de la Cueva a réservé la soirée en votre honneur. *Hasta mañana y buenas noches*.

En me voyant franchir l'arche de nacre, les guitaristes cessent de jouer en sourdine, ils plaquent leurs mains rageuses sur le bois des guitares, saturent les cordes, ça prend aux tripes, la petite salle feutrée se lève et s'embrase de flamenco. Hier, rue Spontini, j'étais prêt à me laisser oublier, ici on m'acclame. J'ai vingt jours pour chanter onze chansons en espagnol et dix minutes pour avaler des côtes d'agneau avec mes doigts.

Venue d'un silence, entre la Negra, fardée jusqu'à la pointe des cils dans une robe rouge à pois blancs. Trois coups de castagnettes font cesser la rumeur, ses pieds petits talonnent le sol, drôles de pas, ses mains s'animent et se fixent comme une fleur. Negra porte son art à sa cambrure, s'agrippe aux volants de sa jupe, elle trépigne en laissant voir un demi-genou. Olé ! Son buste se gonfle, ses hanches se cassent, Olé ! C'est tout. La gitane est en extase : « *Viva la Negra, Viva.* » Puis la reine de Séville vient s'asseoir avec sa troupe, dos au mur, sous le portrait du général Franco. *Viva España !* Les gitans tapent des mains. Un jeune danseur s'élance, léger comme une plume noire, il se caresse, sa silhouette vibre de tous ses membres. Ce fougueux aux traits fins exhibe son petit cul, olé !

En robe violine, sous un châle bouton-d'or, lointaine, la matrone grimace les souffrances de sa vie, elle rage et se berce aux accents douloureux des chants d'amour. C'est pour elle seule qu'elle danse, la chevelure andalouse abandonnée au vide. Quelle chaleur. Olé, olé ! Le doyen des gitans transpire le lamento, le geste brusque, les mains claquées fort, les talons martèlent la scène en planches, le portrait du Caudillo en tremble comme un vieillard. Olé, olé, olé ! La Negra s'enflamme en bouquet final, son flamenco de rimmel déborde ses paupières. Tout son amour, danser et souffrir, monter et mourir, se brise dans un murmure : « *Gracias, señora y señores.* »

Toute la nuit, j'ai bu du vin imbuvable.

À midi, par les ruelles sans ombre, je descends manger des tapas à la Casa Munòs. Commander ma nourriture me donne des rudiments de langue ibérique. *Queso*, c'est le fromage. *Jamon* pour jambon, en ravalant bien le *j* au fond de sa gorge comme un *r*. Javier, le patron, affirme que je prononce désormais impeccablement son prénom.

– *¿Quieres comer salmorejo ?*

– *No, gracias, Javier*, le gaspacho au lard, c'est un peu lourd pour chanter, les épices risquent de me rester sur l'estomac.

– *¿Usted es un cantante frances famoso ?*

Français oui, fameux on verra.

– *¿Quieres una tortilla con un poquito de chorizo ?*

Facile, pour rouler les *r*, il suffit que je me souvienne du berrichon de mon enfance.

Voyager, c'est survivre. J'entends, je vois, je bois, je mange, je marche. J'aime recommencer. Sans attache, je suis bien dans la ville noire et blême où l'hiver a des douceurs d'avril. D'habitude, Noël me pèse, ici je n'y penserai plus.

Tous les jours à 13 h 30, Manolo, le tailleur du quartier, vient dans sa cantine avaler sa plâtrée de haricots au piment :

– *¡Ola ! ¿Como estas, cabrón ?*

– *¿Como estas tu, cabrón ?* répond Javier. Manolo parle français, lui, ce Madrilène républicain, furieux que ses frères rouges aient déserté l'Espagne franquiste : *¡Hijo de puta !* beugle-t-il souvent.

– Pas la peine de me traduire, j'ai compris, sacré Manolo.

Ses mots claquent sur la céramique.

– Je vais te parler en français. J'en ai chié dans le lait toute la matinée avec cette vache de Don Portillo. Il a tellement grossi que je dois lui reprendre toutes ses mesures. Tu veux que je te dise, en Espagne, si tu n'es pas un Don quelque chose, Don Alvares, Don Avila, tu grossis pas.

Avant de repartir, Manolo dévide ses doigts sur le col de ma veste en cachemire pour s'assurer que ça existe encore.

– *Escucha me cantante frances*, l'Espagne est pauvre, mais elle porte sa misère au plus haut. *Hasta mañana, cabrón.*

Issue du quartier des Habsbourg, Luisa de Calderón klaxonne pour ne pas avoir à descendre de sa Fiat-500. Chemin faisant, mon élégant professeur d'espagnol corrige mon accent. Chaque matin, nous récapitulons la phonétique de la chanson du jour, elle épelant voyelle et consonne, le chignon bien laqué, sa robe strictement tirée, et moi postillonnant comme un damné.

– *Io te daria mas y mas. Mucho mas, mas que una mariposa.*

– Je ne comprends pas cette phrase, Luisa, et je préférerais connaître la signification de ce que je chante.

– Vous avez raison, je vous explique… «Je te donnerais plus et plus. Encore plus qu'un papillon.»

– *Mariposa* pour «papillon», comme c'est étrange.

– Que dites-vous ?

– Rien, *nada*. Luisa, s'il vous plaît, dites-moi ce que signifie le mot *cabrón* ?

– Sûrement pas ! Tenez, prenez votre invitation à l'ambassade de France pour le cocktail du Nouvel An, vous serez avec moi. Mais *por favor* n'utilisez jamais ce mot horrible devant Son Excellence.

– Allez, faites-moi plaisir, Luisa, dites-le-moi.

– Jamais vous n'entendrez cette horreur sortir de ma bouche ! Demandez à Fernando. Mais je ne vous le conseille pas.

Fernando ne me dira rien. Ce pays vit d'interdits. Je n'ai pas l'âge de sortir en boîte ni d'aller seul au cinéma à minuit. Avec Fernando, la vie est un navet, j'endure les romans à l'eau de rose de Sarah Montiel et Joselito. Ce n'est pas mon duègne qui me révélera les mystères de l'expression favorite de Manolo. Alors, comme ça, pour me chauffer la voix dans le micro qui date d'avant-guerre, je me cache la face et improvise *cabrón*, *cabrón* sur l'air de padam, padam. Penché sur la console, le technicien affiche une mine aussi hilare que stupéfaite.

– Votre prononciation est parfaite, mais on va plutôt enregistrer votre chanson maintenant. C'est bien de se chauffer le cœur avec de la joie, surtout pour une chanson triste, ça ouvre l'inspiration.

Au retour, l'allée embaume sous la pleine lune, les grands arbres fleurissent en hiver, le froid est sec, scintillant des milliers d'ampoules qui ornent l'immense portrait du général Franco. L'inscription électrique, je la devine : « Patrie et travail pour tous. » Où donc est la jeunesse dans cette ville monumentale, nulle part, ni le jour ni la nuit. Place de la Liberté, un soldat de bronze pointe son nez, le poing fermé tel un tyran. Sur les carrefours et les places se chevauchent des blocs d'ombre et de lune, pas un rat aux fenêtres, pas une ombre derrière le fer forgé des balcons, Madrid ville morte aux lourdes grilles, je tourne en rond sous les façades baroques, je voudrais me souvenir de tout, des détails surtout.

– Emilio, je dînerai dans ma chambre comme d'habitude. Mais si vous me dites ce que veut dire *cabrón*, je vous donne un gros pourboire.

– Oh mais je vais vous le dire gratis, approchez, plus près, le *cabrón* est un bouc, mais c'est aussi un homme qui trompe sa femme, vous devinez avec qui ?

– ...

– Eh bien avec son bouc.

– *Gracias*, Emilio. C'était pas la peine d'en faire un fromage. Je vais plonger dans la piscine avant d'aller dîner.

– Allô, Daniel, joyeux Noël ! Je suis à Madrid, oui. Quelle heure il est à New York ?

– 7 h 30 du matin, fils, avec qui es-tu ?

– Personne. J'enregistre en espagnol, j'ai déjà six chansons dans la boîte. À part un léger problème d'accent tonique, Luisa m'assure que ma prononciation est bonne. *Capri c'est fini* est devenu *Capri se acabo*, l'autre chanson que tu aimes, avec les grandes envolées, s'appelle *El Mundo*.

– Allô, Hervé, allô, qu'est-ce que tu me dis ? Comment va ta mère ?

– Bien. Très bien. Le téléphone fonctionne mal dans ce pays, je l'appellerai plus tard.

La ligne grésille, sa voix s'embrouille dans une distance infinie.

– Tu sais, à Tolède, j'ai vu des Goya ! Des Velasquez aussi chez les De Calderón. Ça change de la tronche de Franco qui pendouille un peu partout.

– Arrête, Hervé, n'en dis pas trop, je t'embrasse, fils, bon Noël à toi.

– *Hasta la vista*, à bientôt, Daniel, moi aussi je t'embrasse.

On frappe à la porte pour me livrer une bouteille de rhum Bacardi dans un panier d'osier tressé, la maison Philips fait bien les choses. L'espagne regorge de produits américains.

– Allô, ne coupez pas, Dalida s'il vous plaît…

– La *señora* chante à Jérusalem, rappelez, répond la bonne.

À l'accent, elle doit être espagnole.

– *Feliz navidad* !

Paris est encore plus difficile à obtenir que New York.

– Allô, madame Villard s'il vous plaît, oui… la chambre rose… Allô maman ? Non, je ne quitte pas…

Quel bordel sur la ligne. Ça me fout les boules, au prix que ça coûte.

– Allô maman, c'est toi ! C'est moi, joyeux Noël, oui, ça va, et toi ?

– Ce soir ils boivent tous du champagne sans moi.

– Tu sais bien qu'il ne faut pas, repose-toi.

J'entends qu'elle pleure.

– Maman, s'il te plaît, je te rapporterai un bel éventail, sois sage, joyeux Noël, je t'embrasse fort.

Elle s'en fout d'un éventail, à Paris il neige. Ma mère ne m'aime peut-être pas. Elle préfère boire, ce n'est pas moi qu'elle veut, c'est le vin. Le manque la fait pleurer. Nous ne sommes pas ensemble pour notre premier Noël. La nuit descend par lambeaux. Madrid demeure muette. En Espagne, on ne chante pas le 24 décembre, encore moins le 25, c'est interdit, sauf à l'église. Tout est famille et recueillement. J'aurais mieux fait d'aller flâner deux jours au bord de la mer. Le bar de l'hôtel est fermé, je m'emmerde. La vie d'artiste, c'est s'emmerder en attendant la scène. Ne rien faire, qui pourrait croire à quel point c'est dur ? Le son des cloches provoque en moi une réminiscence, mais ma mémoire se traîne, le présent dévore de plus en plus vite mon passé, je n'ai pas l'âge de me souvenir.

Au bout du hall de l'hôtel, Emilio baisse ses yeux noirs devant une cliente orgueilleuse dont les escarpins claquent le marbre. L'Espagne des Don règne même sur la nuit de Noël. Là-bas, dans les sofas, quatre jeunes aux cheveux longs font taches avec leurs bottes mexicaines sur les banquettes en cuir. Même en pantalons de peau, et mal rasés, ça me fait du bien de voir enfin des garçons de mon âge.

– Salut Hervé, *El Romantico* ! Tu es seul à Madrid ?

– Oui et je m'ennuie.

– On est artistes catalans. Voici Carlos, Alfredo, José Luiz, moi je suis Juan-Manuel Serrat. Il neige sur Barcelone, alors l'avion n'a pas décollé. Aimerais-tu connaître Madrid, la vraie ?

Ses yeux en amande fendus ressemblent à ceux d'un animal.

– Tu veux qu'on t'emmène à la Cabaná ?

– Je voudrais bien, mais je n'ai pas le droit de sortir, je n'ai pas encore vingt ans.

– Qui t'a dit ça ? Un Espagnol, je parie ?

– Oui, Fernando mon guide.

– L'Espagnol regarde toujours l'horizon avec le soleil derrière lui, pas le Catalan. Ici, la guardia civile est trop mal payée pour travailler un soir de Noël, tu ne risques rien. *Vamos, El Romantico*, la voiture nous attend.

– Pourquoi m'appelles-tu le *Romantico* ?

– Parce que tu chantes dans le cœur de *las mujeres*.

– Et toi, tu chantes pour qui, Juan-Manuel ?

– Viens et tu verras.

Il m'a refroidi, le Catalan. Quand il dit quelque chose, ses copains se taisent. Mais j'aime sa mâchoire en galoche, ses cheveux frisés comme un mouton, la dureté de ses yeux. Catalan ou français, il parle à toute vitesse. Je ne bronche pas, je me laisse conduire dans la guimbarde en affichant ma bonne tête. *Vamos*, on verra bien. Après les HLM, plus un réverbère, personne. Sur la terre sèche, des buissons maigres comme des coraux, et soudain, sans rien voir, par-dessus le moteur, nous percevons une rumeur, un bourdonnement à travers les collines. Un gant de fer vient broyer ma poitrine. Devant nous, la Cabaná. Des baraques imbriquées, enchâssées les unes aux autres sur tous les versants, des centaines de bougies font danser les ombres sur les planches. Les hommes gominés, graves, pincent la guitare autour du feu, une gitane donne le sein à son enfant, près d'eux l'âne couché murmure c'est Noël. Je vois une crèche vivante.

– As-tu peur, Hervé ? *¿ Quieres una cerveza* ?

– Je n'ai pas peur, *cerveza* c'est quoi ?

– Une bière, tu bois ?

– Oui, *gracias*, poète.

– *Mira, El Romantico*, écoute comme ils prient, regarde les Asturies à genoux, la Castille, l'Andalousie, la Catalogne, rassemblées sur un pauvre petit bout de terre, voilà trente Noël qu'ils prient pour retrouver la liberté. L'Espagne renaîtra un jour ici.

La paix est noire. Le silence plein de musique. De sa botte, Juan-Manuel fait voler une motte de terre.

– Tous, nous avons en commun des amis qui souffrent dans les prisons franquistes. L'un des miens est Marco Sana, poète interdit.

Il poursuit en catalan. Des frissons parcourent ma peau.

– Parle-moi en français, Juan-Manuel, je veux comprendre ce que tu dis, donne-moi une autre bière.

– Mais je vais le dire dans la langue de Victor Hugo : pour que le mal triomphe, il suffit que ceux qui peuvent l'éviter ne fassent rien, *y basta.*

On l'acclame, à voix basse, à travers les collines. Dans l'ombre, son nom bouge. Les femmes lui volent un baiser, les hommes le saluent du menton, comme un maître. C'est Noël, la garde ne viendra pas, c'est Noël ici plus que partout ailleurs. Nous pouvons chanter et boire toute la nuit, même l'âne réclame une *cerveza*. En frappant des paumes, on scande le nom du poète. Serrat emprunte une guitare et grimpe sur les tréteaux. *Soledad, salvaje, soldado*, solitude, sauvage, soldat. Quand monte l'odeur du pain et du vin chaud, des oranges sanguines, des fruits déchirés, j'ai froid et je suis fier. Le Catalan chante violemment sa poésie, je m'enroule à ses yeux verts, heureux jusqu'à l'aube. Jusqu'à la lueur du jour, j'apprends des bribes de Garcia Lorca.

Ça s'arrête comme c'est venu. Les femmes se lèvent en défroissant leurs jupes aux pâles couleurs du matin, les hommes dressent un bras sombre, nous repartons, la guimbarde pétant sur son échappement, l'épaisse fumée pollue les brumes. Trois musiciens ronflent, écrasés à l'arrière.

– Pardonne-moi, Hervé, je suis saoul. Dis aux Français que les taureaux ne sont pas les seuls à saigner en Espagne. Quand je raconterai à ma mère que je t'ai rencontré, elle ne voudra jamais me croire.

– *Adios*, embrasse-la fort de ma part.

– Je lui donnerai un petit *besito* de chanteur libre, *hasta luego hermano*.

– À bientôt mon frère, j'espère te revoir un jour, libre de parler catalan.

Place de la Liberté, le soldat de bronze a l'air plus féroce qu'hier. Je me sens bossu de sommeil, coupable. Pour qui je chante, moi ? Je ne savais pas le monde si grand et si petit. Au fond du Prado, l'hiver emporte le soleil. Aujourd'hui, c'est Noël et je vais dormir.

Glaciale, une pluie tombe sans discontinuer et inonde le caniveau. Pour ma dernière semaine à Madrid, c'est moche. J'ai balancé mes vers espagnols en chantant à tue-tête sur la bande orchestre.

– À l'ambassade de France, j'arrive mouillé, mais pas timide, j'en ai marre d'être timide. D'un salon l'autre, j'évite de présenter mes vœux au colonel attaché à la culture franquiste. En compagnie de Luisa, cerné par les Don, le champagne acheve ma timidité.

– Bonne année 1966, Excellence. Je suis vraiment ignare, figurez-vous, il m'aura fallu attendre l'année de mes vingt ans pour apprendre que le Caudillo a fait couler le sang du peuple espagnol dans une guerre civile. Connaissez-vous le poète catalan Juan Manuel Serrat ? Et la Negra ? Ce sont de grands artistes, n'est-ce pas ? Ceux qui représentent déjà l'Espagne de demain.

Madame l'ambassadeur et Son Excellence font mine de n'avoir rien entendu et s'éloignent. Fernando Santa Maria en a rougi de honte, j'ai joué au con, c'est rien, c'est pas un crime.

– N'ajoutez rien de scandaleux, partons.

Luisa ramasse son sac aussi verni que le bicorne des gardes. Sur le perron, elle se retourne, une mèche sacrilège défait sa belle coiffure. Elle est fâchée, je crois.

– Apprenez que la République française a son général comme l'Espagne a le sien, mais nous, que je sache, nous n'avons pas coupé la tête du roi.

Outragée, royale, déçue, elle s'en retourne prendre le thé au quartier des Habsbourg. Je ne la reverrai jamais.

Reste Fernando, pincé, muet. Il m'accompagne aux radios, à la télé, hochant sans cesse la tête, de droite, de gauche, comme s'il craignait de voir jaillir de ma bouche une horreur pendant mes interviews. Une parole libre n'est pas forcément une monstruosité, Fernando. Mais je n'ai rien dit, je ne suis qu'un chanteur de variétés.

Avant de reprendre l'avion pour Paris, il me reste à jouer le benêt dans un roman-photo, 5 000 pesetas pour un peu d'eau de rose, ça ne se refuse pas. À Paris, j'ai des frais. Dans la maison baroque, le mobilier est rococo, jusqu'à la rampe d'escalier ornée de fleurs en plastique. Le photographe fait un dernier essai au projo parapluie, « c'est bon », le flash crépite, « on peut y aller ». Le héros du roman, c'est moi, « El diablito de Paris ». Une bleuette entre une Madrilène et un petit diable parisien. Maria Dolores Pilar est une actrice potelée, maquillée comme une camionnette, mais sa mantille blanche attriste ses vingt-cinq ans. Elle est plus grande que moi, c'est contrariant. « Alors on triche », fait sèchement l'homme de la censure. « Pour les plans rapprochés, elle n'a qu'à se baisser à la hauteur du petit Français. » C'est parti, on s'aime, on roucoule, de face, de profil, en vitesse, le regard lointain, près de la cheminée, on s'aime, main dans la main, sur le canapé à fleurs, parfois d'un geste suggestif, je voudrais provoquer un trouble, rendre vrai, j'arrive à tisser quelques liens. « Restez correct », siffle le censeur, à peine si je peux caresser ses joues rondes sous la botte morose des dictatures. Jouer faux rend triste. En attendant les prises, la bouche charnue et le sourcil épilé, Maria Dolores baisse les yeux et guette les rumeurs du Prado. J'ai un peu honte de moi. Je pense à ma nuit de Noël en regardant jouer les ombres sur le visage des Madrilènes. L'actrice m'enlace la taille, je me penche pour lui rouler une galoche folle : « Stop, arrêtez, sur la bouche, c'est interdit », hurle le censeur de l'autre côté de la rue.

Tant pis, j'avais juste imaginé un éclair de désir, pour le dernier cliché, le dernier jour. Je me penche à nouveau sur la joue fardée de Maria Dolores, obéissant. À Madrid, quelqu'un te surveille toujours, même pour un baiser les yeux fermés.

– Partiriez-vous après-demain pour cinq jours de promotion à Montréal ? m'interroge-t-on au bureau de Philips International.

– Sûrement pas, ma mère emménage dans un quartier chic et je répète mon Olympia. J'ai les jetons.

– Mais le Québec vous aime, monsieur Vilard ! Juste cinq jours, vous verriez l'Amérique sous la neige. N'est-ce pas un beau cadeau pour débuter l'année ?

– J'aime pas la neige. Et puis dites donc, coordonnez vos services, je vous rappelle que je chante à l'Olympia lundi. Bonne année, mam'zelle Philips.

Et toc, je raccroche le téléphone fixé au mur de l'entrée, je devrais faire venir un technicien, cinq mètres de fil me donneraient la liberté de répondre tout en époussetant les meubles. Encore une qui va penser que j'ai chopé la grosse tête. Ils en ont de bonnes chez Philips, qui va laver mon linge ? Je n'ai plus un sous-vêtement propre. Qui va choisir la première chanson de mon tour de chant ? Des soucis de slip, des soucis de récital, Montréal... Tout me prend la tête. Sauf maman. Elle va mieux, me dit le bon docteur Kelling.

– Vous allez voir, la voilà sevrée. Patientez une bonne quinzaine et elle sortira d'ici toute neuve. Votre gloire est si brutale, elle culpabilise un peu, je crois.

Dans la chambre rose, je m'attendais à des sanglots, pas du tout, le traitement l'a laissée KO sur un lit défait. En vitesse, je dépose mon cyclamen, elle m'embrasse mollement, l'œil vide, sans un mot d'argot. Mauvais signe.

– C'est pas Dieu possible ce que j'ai soif depuis que je bois plus que de la flotte.

Elle esquisse un sourire, avant de se rendormir, amorphe. Si c'est ça, aller mieux, je veux bien me faire curé.

Mon espoir reste tordu.

Je me sauve rue Caumartin.

Sous la scène, l'Olympia grouille de câbles et de caisses. Les musiciens professionnels éclairent mes chansons de leurs rires contagieux. Guy Mota, le chef d'orchestre de Dali, m'engage à garder la mesure. Je suis lourd, je suis sourd, ma technique, elle est où, bordel ? Mes paroles hachées pleurnichent au fond du temps, ça sonne mélo.

– T'emballe pas, gamin, en commençant un spectacle par quatre slows-rock, tu prends un risque inutile.

Illico, les musiciens me tendent la main, chacun retouche sa grille de partition et accorde son instrument.

– Écoute, Hervé, on devrait ajouter quelques riffs bien dedans, ça plaît toujours. Enfoncer le clou.

Des riffs, du clou, d'accord, assouplir le rythme, d'accord. Les requins décollent dans le bon tempo, leurs trouvailles me libèrent. Je me laisse porter, mieux, ma voix glisse. Requins, c'est le nom que se donnent les musiciens. Ils s'éclatent quand le chanteur trouve la nuance et que les mots aiment la musique. Respire, respire, en nage au sous-sol, je chante en respectant le souffle de mon émotion. Au-dessus de ma tête, la scène du Temple m'attend, ouverte sur le vide.

– T'inquiète, lundi soir, tu vas prendre ton pied.

Une odeur de pisse me chasse de l'urinoir, je déambule autour des pâtés de maisons de l'Olympia, les vitrines s'éteignent, monsieur Charles Trénet dodeline sur le trottoir. Moi, je parle à mon estomac. Dis donc, toi, calmos, pas d'entourloupe. Respire. Respire. Pas de bile pour la vie en solo, tout va bien, sauf que mon frigo est vide. Des problèmes de slip, des problèmes d'estomac, de technique, des problèmes de frigo, c'est pas la mort, je vais me faire deux œufs au plat avant de me foutre au pieu.

On frappe. À 22 heures ? La voisine du dessus déboule en peignoir.

– Vous n'avez pas vu ma fille Corinne ? Il fait nuit et elle n'est pas rentrée. Comme elle fréquente les artistes, je me suis dit qu'elle était peut-être chez vous ?

– Connais pas de Corinne, madame, mais entrez si vous voulez.

Une maman inquiète, ça me chavire. Confuse, la voisine s'excuse, se fait du sang, moi, mon esprit est ailleurs. Dans trois jours, trois, soit les papillons me lapident, soit je touche au bonheur de près. Mais, vu que ma fièvre exploserait le mercure d'un thermomètre, j'ai toutes les chances d'aller me vautrer dans le décor d'un Musicorama. Je n'ai même pas touché mes œufs. Ô gloire, ô popularité, faut-il vraiment être gentil avec tout le monde, tout le temps, même la nuit? Je lui dirais bien que sa fille n'a pas disparu plus loin qu'une porte cochère.

– Madame... Votre Corinne, elle n'est pas juste un peu amoureuse, non? Et elle a bien de la chance. Si, si. Bonne nuit madame, mais non, vous ne m'avez pas dérangé, je vous en prie, bise à Corinne.

Les solitaires ont des problèmes, les mères ont des problèmes, les filles ont des problèmes – au fond, je suis comme tout le monde.

Rue Truffaut, le disquaire roule pour la maison Vilard, d'après lui mon 33-tours se vend à la pelle.

– Et comment va Marcelle, on ne la voit plus dans le quartier ?

– Elle est partie.

– Ah bon, où donc ?

– En vacances.

– Ah bon, où ça ?

– Aux Bahamas.

– Toute seule ?

– Mais non, avec ses copines !

– Ah bon, qui ça ?

Dis donc, disquaire, vends ma galette et occupe-toi un peu moins de ma mère. Marcelle est avachie en clinique, devant une bouteille de Vittel, et personne n'en saura rien.

– Hervé, me dites pas qu'elle ne viendra pas vous voir à l'Olympia ?

Curieux monde curieux. Samedi, toute la matinée, je l'ai regardée dormir, sa petite tête renversée dans l'oreiller. Mon cyclamen aussi avait triste mine. Les fleurs, c'est pas fait pour les cliniques.

– Allô, c'est ta marraine. Comment va mon filleul adoré ?

– Comme un dimanche, Dali, comme un dimanche.

– Demain tu fais le grand bond dans notre métier. Guy m'a dit que tes répétitions s'étaient très bien passées. N'oublie pas de brosser ton blazer, mets une cravate, c'est comme ça qu'on t'aime. As-tu besoin de quelque chose, *amore* ?

– Non je… Tes musiciens sont formidables, remercie-les encore pour moi s'il te plaît.

– Qui t'accompagne là-bas ? Tu n'es pas tout seul ?

– Bien sûr que non, je… Suzanne et Louis viendront peut-être.

– Tu es seul, ne me mens pas, à moi tu peux bien le dire. Je l'entends à ta voix. Écoute, Hervé, sache-le, on n'y peut rien, nous sommes seuls dans ce foutu métier.

Elle ricane dans le récepteur.

– Écoute ! Je suis en train de roder mon tour de chant à Versailles et moi non plus je ne me sens pas prête. À tout à l'heure, je t'embrasse comme je t'aime, très fort.

– Allô Dali, moi aussi, je t'aime et dans…

Elle a raccroché. Un silence sur la ligne, avant la tonalité occupée, bip, bip, bip. Je ne raccroche pas. Bip. Bip. Même pas Heureux. Même pas malheureux. Bip. Bip. Furieux. Je deviens un soupe-au-lait. Bip.

Au réveil, ma main tâtonne le mur. Sûr, j'aurai un trou de mémoire en scène, sûr je vais m'enrhumer. Je bondis sur le radiateur en fonte, des spasmes secouent mon corps nu. Je deviens dingue. Quel temps fait-il ? Qu'il pleuve, qu'il brouillasse, l'odeur du café fumant au Fontenoy me rassure. Un chauffeur en livraison bouche la rue des Dames, je reste sourd au tumulte, l'encre du journal empeste, l'affaire Ben Barka ne me concerne pas. Aujourd'hui j'ai du boulot. Au Fontenoy, c'est l'heure creuse. Janine promène la serpillière.

– Mon homme adore Dalida, on a pris trois places pour ce soir, on va se régaler. Quant à mon fils, avec sa mèche sur l'œil, faut voir le numéro, il se prend pour toi.

– N'en jette plus, lui rétorque l'habituée du beaujolais de 11 heures. Me parlez pas des chanteurs de maintenant, de mon temps on n'avait point besoin de micro pour pousser la chansonnette.

L'aigreur de cette femme aux lèvres violacées par le vin me révulse.

Marcelle, elle, est guérie maintenant.

– Paie-toi, Janine, et merci d'avance pour ce soir.

Chez le fleuriste givré par le froid de janvier, je choisis vingt roses blanches pour ma marraine, avec une carte dédicacée : « T'aimerai toujours. Ton filleul adoré. »

J'ai la loge de la vedette anglaise. Dehors, la lune est pleine. Dedans, la salle est comble. C'est maintenant. Je me change devant le miroir pendant que les Nucera me lisent les télégrammes. « Toute l'équipe d'Europe 1 se réjouit d'avance de votre triomphe... » Faire craquer les os de ses doigts ne détend pas vraiment. « Chante bien, fils, ton père t'embrasse très fort, Daniel Cordier. » Nouant, dénouant ma cravate, je trace des ronds sur la moquette. D'une main sur mon visage, Suzanne m'apaise.

– Écoute celui-là, comme il est touchant : « Les orphelins de Saint-Vincent-de-Paul sont très fiers et de tout cœur avec toi. »

C'est loin, Saint-Vincent, ce n'est plus moi. Pourquoi me le cacher ? Maintenant, je suis un garçon compétitif, je me repoudre, la sonnerie retentit, Suzanne et Louis ont un sourire inquiet :

– Merde, merde, merde, on te laisse et trois fois merde. Ça va aller.

Ça va aller. Merde. Ça va aller.

En coulisse, les musiciens m'adressent un salut chaleureux tout en s'excitant à l'ironie. Deuxième sonnerie, les murmures s'éteignent comme les lumières de la salle, impatiente. Je n'ai plus peur, j'ai le trac.

Je vais entrer côté cour, mon micro se dresse au milieu de la scène, il me paraît magique, ensorcelé, la vie plonge dans le noir, le public explose. Signe de croix face au brouhaha. Une main lourde se pose sur ma tête.

– C'est qui ?

– Bruno Coquatrix, qui vous dit merde et bienvenue à l'Olympia.

L'orchestre envoie une salve, on annonce mon nom, le rideau rouge s'écarte lentement, le brouhaha s'amplifie, aux balcons des têtes s'agitent, des mains se lèvent, c'est beau, le plafond bleu cobalt. Du vide, je vois surgir des glaïeuls, des peluches, et la ligne des regards du premier rang. Mon cœur bat.

– Bonsoir.

Voilà, je l'ai dit. Même si je leur tourne le dos, entre les musiciens et moi, il y a fusion, mes paroles inédites tombent, goutte à goutte.

On m'appelle le Petit Chose
Chaque soir je joue ma vie
Pour un mot pour une rose
Je ne suis qu'un Arlequin de comédie.

Aimez-moi ! Front moite, ventre mou, être applaudi me calme. Qu'elle est grande, la scène, regarde pas tes pieds. Derrière l'écran de tulle, l'ombre chinoise des requins accélère le temps.

Fais-la rire
Fais-la rire

Le sentiment vient, la salle chante à l'unisson, prend, donne. Merci. Beaucoup. Merci. L'espace passe du rouge au bleu, au jaune orange.

Aimez-moi. Ne m'abandonnez pas à la troisième chanson. La musique brûle chaque mot comme des brins de paille, ma voix s'ouvre.

Un monde à la mesure de nos je t'aime
À la mesure de notre chance.

Je les sens boire mes paroles, dans un monde fait pour nous, tiens la note, jusqu'au bout, sans un geste. Pour *Capri*, la ligne de basse cogne comme bat mon cœur, c'est chaud, j'en prends plein la gueule, Guy Mota l'avait prévu. Nous n'irons plus jamais, c'est chaud. Le public répond où tu m'as dit je t'aime, on ne s'entend plus. Capri, c'est fini, et dire que c'était la ville de mon premier amour. Le dernier refrain vient de tout mon corps, d'un coup, d'un bloc, une masse quitte ses fauteuils pour envahir l'avant-scène, c'est fini… Capri… Mon île où je ne suis jamais allé, fini, fini, fini. Le public, sensuel comme un courant, est droit debout pour m'applaudir, je titube, une douche de lumière rose vient mourir sur mon cou. Ils m'aiment. Je cache mon visage dans mes mains, trois rappels fendent ma poitrine, à demain mon seul amour, j'ai la dingue, regarde où tu mets les pieds pour sortir côté jardin.

L'entracte amène la bousculade à la porte de ma loge. À entendre les professionnels d'Europe 1, ce soir, j'ai gagné mes galons de vedette. Ma carrière est tracée. Ceux qui ont une haute idée d'eux-mêmes te donnent leur opinion sur toi, avec des égards définitifs.

– Vous étiez formidable.

Il y a ceux qui te dévorent des yeux sans pouvoir dire un mot, ceux qui t'embrassent.

– Sublime.

Ceux qui bouchent la porte. Et deux efféminées qui se trissent en susurrant « On s'en va, on n'aime pas Dalida », alors qu'elle vocalise tout près, juste derrière la cloison.

Il y a les malins, trop familiers. Les pique-assiettes qui cherchent le cocktail. Y aura pas de cocktail.

– Bravo, chéri, on se voit bientôt, à très vite.

Je ne les ai jamais vus de ma vie.

Celles qui m'écrasent les pieds débordant de tendresse. Et ceux enfin qui se faufilent pour disparaître dans la nuit du boulevard des Capucines. Avant que la sonnerie ne déchire les coulisses, c'est aux musiciens que je pense, j'aimerais bien leur offrir un verre au bar de

Marilyn. Je ne vois pas Dalida. Dans ma loge, personne. Seulement des pivoines. Sur scène, j'ai joui dans mon slip. C'est fou. Sans m'en apercevoir. Quand ? Sur quelle chanson ? Personne n'en saura rien.

Ma mère, c'est ma mère, je ne la changerai pas. Maintenant elle vit seule près de la place Blanche, je l'ai installée dans un studio rue Constance. Elle m'aime de loin. M'a-t-elle seulement déjà aimé ? Jamais elle ne vient me voir chanter, ça me fait du mal. Je suis en tournée pour deux mois avec Michèle Torr et Claude François, elle s'en fiche, la Parigote déteste la province. Chaque soir, le public applaudit cette plaie toute fraîche que me laisse ma mère. Les jours de relâche, je cours sur le verglas pour attraper les trains, quand j'arrive, nous ne parlons jamais de nous. Avaler les kilomètres pour un amour qui n'a rien à vous dire rend les trajets plus longs. Maman n'envisage plus l'avenir sans boire un verre de vin. Chez elle, je fouille les placards, ramasse les bouteilles vides sous son lit, mes cris de reproche sont impuissants, sa réserve de côtes-du-Rhône est sous l'évier. Quand je lui parle, elle se berce à la fenêtre, sans répondre, les yeux perdus sur les corniches en zinc. Cruel silence dans ce décor de bric-à-brac, un couple de pinsons en cage et les pavots de papier crépon dans un vase ne la guériront pas.

Aujourd'hui il a fait beau, le froid n'est pas passé sous la porte. Maman ne voit pas le soleil. Ma célébrité encombre son âme malade, il n'y a que mon sourire pour apaiser sa soif, elle mange trois fois rien. Le soir tombe. Devant nous, les ailes du Moulin-Rouge illuminent les toits, elle fredonne : « Parlez-moi d'amour, redites-moi des choses tendres. » Je sens qu'elle cogite une escapade rue Lepic.

– Allez, rentre chez toi, mon René, perds pas ton temps avec moi. Retourne chanter pour les ploucs. Claude François ? Connais pas. Surtout, occupe-toi de ton corps.

Ma parole, elle me croit encore puceau.

Au moment où je vais la quitter, elle embrasse cette photo de moi bébé. Heureusement, elle ne pleure pas.

Nul ne me retient, j'aurai mon train, emmitouflé dans ma redingote. Je me sens tristement célèbre mais d'attaque, prêt à bondir sur la scène de tous les théâtres.

Sur l'affiche de la tournée des étoiles, mon nom n'est pas bien gros entre ceux de Claude François et Michèle Torr. J'ai soixante jours pour me faire aimer de mon pays. Les critiques de province ne m'ont pas assassiné. On me trouve débordant d'affection, raide, fragile, « bloqué dans le vide » a dit un journaliste. Je le prends comme un compliment.

Au théâtre, le public piaille depuis les mezzanines pendant que je me chauffe la voix derrière le rideau. Les musiciens font craquer leurs doigts, Jeff le présentateur, dans un nuage d'after-shave, tapote ma joue. Le rideau s'ouvre sur moi, en vedette anglaise. Face à un mauvais regard, une moue au premier rang, ou l'attaque discordante de l'orchestre, il faut être égoïste, bien fermé sur soi-même. Blindé, on peut tout encaisser. Le doute ne s'installe pas. Je veux ma métamorphose, mon triomphe en quatre chansons avant de laisser la scène à la vedette américaine, Michèle, la seule fille de la tournée. Jolie blonde platine, ses vocalises traversent les coulisses. Je l'aime bien. Michèle n'a pas peur des hommes, elle maîtrise les choses en douceur et la vie lui sourit. Je pourrais devenir un ami, un confident pour elle ?

Chez les yéyés, la sortie du théâtre s'effectue à fond de train. La foule tend les bras en s'écrasant pour arracher un autographe à Claude François qui s'enfuit. Je préférerais accrocher un regard simplement, dire trois mots. On est pressés vraiment ? Pourquoi ne pas leur laisser le temps de vous dire qu'ils vous aiment, éviter les cris, la cohue, comme une rafle sous un croissant de lune. L'époque nous fait vivre trop vite. Je ne veux pas être un yéyé à cent à l'heure. J'aime regarder les gens. Au troquet, une partie de flipper avec un inconnu me permet de lier connaissance. Parfois plus, si affinités. Les histoires de culs des musiciens creusent le rire au ventre. Aucun de nous ne saurait dire exactement où il est, quel est le nom du bled ni celui de cette fille qui nous suit de ville en ville. J'en ai ma claque, du pâté du terroir. Mais une tournée a ses beaux moments, le soir, au bar, j'observe le manège discret des papillons qui se faufilent parmi nous, on les repère sans rien leur dire, leurs yeux troublés font de nous des héros et de nos vies une légende. Dans le hall, je les croise en haussant les sourcils, souriant, je ramasse ma redingote et je sors. La clarté des villes la nuit me plaît, les ombres, les chiens errants, les cathédrales aux portes fermées. Mes semelles raclent sous les fanaux des vieux quartiers.

Après le spectacle, une partie de l'équipe tape le carton, l'autre est généralement au bordel. Dans une vie en transit, faut pas être curieux. Je sais m'adapter. Éviter les gaffes, ne pas confondre les prénoms. En marchant dans les rues endormies, je note des petits riens, comme en repérage pour le jour où je reviendrai avec mon nom en haut de l'affiche.

Pourquoi, après minuit, les rares passants de province rasent-ils les murs comme s'ils voulaient disparaître ? J'ose à peine demander le chemin de mon hôtel : « Pardonnez-moi, c'est par où le Lion d'or ? » La silhouette réfléchit un instant, toussote. « Le Lion d'or, vous êtes sûr, ce n'est pas plutôt le Métropole ? » Les chiens lèvent la patte sur les perrons. Une affiche de notre tournée s'envole, décollée par la tempête. Tout à l'heure, si des mains expertes pouvaient me caresser, je serais un chanteur comblé.

Finalement, nous sommes à l'hôtel des Voyageurs. Le gardien n'attendait plus que moi. Dans le couloir, deux groupies dénudées cognent d'une porte à l'autre avant de s'engouffrer dans la chambre de Jeff, où le vacarme va durer toute la nuit, comme hier, ailleurs, avec d'autres.

C'est dur, les chambres d'hôtel. L'odeur du vieux propre vous saute à la gueule dès que vous poussez la porte. Les serviettes pliées, la savonnette fendillée, la fenêtre qui ferme mal, et le lit au milieu qui prend tellement de place. Une bonbonnière à franges ne molletonne pas la solitude. Toujours différente, toujours pareille. Une fois qu'on est couché, la pièce rapetisse encore, une petite boîte fermée à double tour. Il ne se passe rien après. Tout serait plus rieur si j'étais deux. Les meilleures chambres ne font pas la nuit plus courte et une poignée d'anémones ne réchauffe pas les draps.

« Tu vas en chier avec Claude François », m'avaient prévenu les musiciens. Le Coq. Un surnom n'est jamais un hasard, mais je l'admirais trop pour le croire. Lui et son peps sur scène, son talent phénoménal... Pourquoi être désagréable quand on est célèbre ? J'étais fier d'être en lever de rideau de sa tournée d'hiver.

Un soir, par le trou dans le velours, je regarde le public, le Coq s'approche, le visage pâle, fardé, l'habit lamé. Je lui souris, il plisse les lèvres, doucement sa main entrouvre la fente entre les deux rideaux, il me dit :

– Regarde.

– Oui, je vois.

– Regarde mieux, fixe-les.

Je respire le parfum de l'idole, le bout doré de ses bottines reflète les rideaux rouges.

– Tu les vois, eh bien dis-toi que ce sont des bœufs. Dis-le-toi bien. Des bœufs.

Le choc est si violent que je ne comprends pas ce qu'il veut dire. Les gens sont les gens.

Lui, c'est un fabricateur, le metteur en scène infatigable de son personnage, maintenant je le vois, avide à manipuler tous les ressorts de son ambition. Après le gala de Brest, je ne l'admire plus. Claude François mérite bien son surnom. À Blois, à Tours, le Coq s'agite en coulisse, interrompt nos répétitions pour corriger chacun, par la voix de son souffre-douleur de secrétaire. Dès qu'il apparaît au théâtre, l'ambiance se tend, à coups de bec, il brise le moral, les rires, le cœur, à coups d'amendes aussi – cent francs pour un couac. Je dis : « Au fou ! », on me prie de me taire. Cloclo m'a fait savoir que c'est lui, et lui seul, qui accorde à son public l'autorisation de m'aimer. « Au fou ! » Les théâtres sont des palais de courants d'air où il vaut mieux ne pas croiser le Coq. Chacun recule dans sa tanière, porte close. Michèle ne quitte sa loge que pour chanter, soumise, vêtue d'un corsage blanc et d'un pantalon noir. Son beau timbre n'a nul besoin de la chambre d'écho, réservée au seul Coq afin de satiner sa voix de crécelle. Un jour sur deux, à Brest, à Vannes, le vernis craque, le Coq hurle. Le directeur du théâtre s'arrache les cheveux, le vieil or va s'écrouler, les flèches tomber des arcs des Cupidons, les lustres à pampilles tremblotent tristement. Comment peut-on vociférer ainsi ? L'idole blonde a beau triompher tous les soirs, ruisseler en chantant *Je tiens un tigre par la queue*, pleurer son rimmel dans l'hystérie, assener les tubes, quelque chose manque, l'élan ne monte pas, sa poudre aux yeux ne parvient pas à cacher les ergots de son cœur. Je n'en reviens pas. *Pauvres petites filles riches*, ces *belles, belles, belles*, qu'est-ce qu'elles ont à vouloir le toucher ? Ce n'est pas Dieu, c'est un tyran. À l'avant-scène, ses yeux secs, son costume électrique, ses talonnettes hargneuses ouvrent un cercle froid autour de lui. Il n'est pas toujours méchant, mais on n'est jamais tranquille quand il est là, comme pris dans un étau. Toujours, c'est louche, incertain, farouche. Un jour, tout là-haut, en gros caractères sur l'affiche, si j'y parviens, je serai comme lui ? Pareil ? Je pense que Claude François est malheureux. Pourquoi ? Je n'en sais rien. Il est seul, mais pas comme moi. L'obsession de vivre un jour à deux me tient debout ; au détour d'une route surgira un événement, peut-être. Claude n'y croit pas, sa route à lui est celle de sa Jaguar. Il n'attend plus rien de la foule

Pour le moment, je tourne et je chante, laissant derrière moi un tas de pierres chrétiennes, des bravos, un bide ou une ovation. Le plus dur, quand on est seul, ce sont toutes les impressions qui se tissent à l'intérieur de soi et qu'on ne peut pas partager. Elles s'entassent.

Parfois, mon lit n'est même pas défait après une nuit blanche dans un hôtel ruiné par les musiciens. Grâce à ma jeunesse, mon adoption par la troupe n'a pas été difficile. Tourner, c'est chanter, se changer, et tuer le temps. Faire la foire. Un musicien a besoin de joie plus que n'importe qui, impossible de l'arrêter s'il fait la fête.

Ça sent les pieds dans le car. Au moment du départ, les patachons exténués grimpent dedans, ils s'emmitouflent sous leur couette. Sur le trottoir, un retardataire achève de bécoter Sylvie, Marie-France, Sandrine.

Dans ma valise en vrac manque souvent le dentifrice ou la mousse à raser. J'en trouverai plus loin, on peut voyager sans rien, tout s'achète, même la valise. Georges, le chauffeur, nous attend, son buste trapu penché en travers du volant. Dès que je monte, le gros Georges y va de son : « Et dire que c'était la ville de mon premier amour… Attention à la marche, rêveur, je tiens à te garder en vie. »

Georges nous charrie tous un peu.

– Dormez, les artistes, nous les humbles faisons le reste.

Je m'assois à côté de lui, à l'avant, la route face à moi. J'aime la route. Voir surgir les maisons, trois peupliers, un clocher voilé par la fumée de Gitane qui sort des oreilles de Georges. La France nous balade. C'est incroyable, un pays. Face à toute cette beauté gigantesque, j'ai repris mon carnet de notes.

En février la Côte d'Opale est vert-gris. Par-dessus les dunes, dressées comme des citadelles, le vent porte les mouettes. Saint-Omer, le 18, enfin, j'ai réussi à joindre maman au téléphone. Elle a l'air de tenir la forme, sa voix est gaie.

– Si t'es pas capable de me raconter ce que tu fabriques à l'école des vedettes, t'as qu'à me le chanter !

Que peut-on chanter à quelqu'un qui n'a pas envie d'écouter ? Au bout de quelques mots, son attention quitte la ligne, elle s'enfonce dans le silence de sa fenêtre, je la vois regarder les toits, toujours les mêmes, s'en aller sur sa route.

– Tu fais quoi ?

– Qu'est-ce que tu veux que je fasse, mon lapin ?

– Porte-toi bien. J'arrive.

La vie défile avec la route. Sans mon carnet, je ne sauverais aucun souvenir, ils se pressent pour s'effacer les uns les autres, comme les fans. Le pare-brise du car me sert de loupe, le voyage se fractionne en milliers d'images, un gros chien enchaîné, le foulard d'une paysanne, le cantonnier dans un tilleul, une lucarne qui brille en bougeant. Et parfois, d'un coup, la mer. Des nuages réunis sur les vagues. Le long des côtes, à l'intérieur du pays, nous traversons des vallées d'herbe tendre, vert vif. À Cherbourg, j'ai eu une *standing ovation*, à La Rochelle pareil. Ça fouette, comme une cravache au fond du sang. Sur scène, je prends de l'assurance, et les filles m'attirent à elles. Les étapes passent, le Coq est blafard sous son gros maquillage et ses faux cils bleus. Sa porte claque, les coulisses se figent, il me hurle des phrases laides.

– Qu'est-ce que t'as à sourire comme un abruti, t'es content, t'es heureux ? Mais c'est que du bétail, le public, de la chair à canon !

Si j'avais un marteau, je cognerais sur lui. J'ai failli lui répondre : « Moi, quand je chante, les gens écoutent. »

Les jours allongent déjà. Dans le car, il faut peser de tout son poids, s'affirmer. Avaler des kilomètres, ne pas crâner, boire le whisky au goulot de la petite bouteille plate en écoutant SLC à la radio. Allègrement, nous massacrons le dernier tube des Beatles dans un anglais de vache espagnole. Il y a des jours avec, des jours sans, des villes que tu prends, que tu possèdes, où tout t'appartient. En une minute, ton état d'âme se propage à une salle entière. Dans le car aussi, la musique adoucit les mœurs. Nous roulons les tubes au bord des lèvres.

Gaston y'a le téléphon qui son
Et y'a jamais person qui y répond

Qui répond quoi ?

Qui répond en PCV.

On est cons. On roule. La pluie tambourine sur le toit en fer, le mauvais temps n'arrête pas. On refait le monde. J'apprends trois accords sur une guitare sèche en écoutant les confidences d'une bande de potes. Les musiciens ne s'expriment qu'à travers la plaisanterie.

– J'ai brisé le cœur de ma mère et de mon père le jour où j'ai voulu devenir musicien.

– T'as qu'à faire comme moi, épouse une infirmière pour qu'ils te pardonnent.

La tête sur l'accoudoir, leurs histoires de famille me bercent. Je les écoute en essayant la flûte à bec.

– Assieds-toi, me supplie Georges, dans les virages du Béarn tu risques de gerber et nous avons pris du retard.

À cette heure-ci, Michèle Torr doit se cramponner au volant de sa 4L, Claude François, lui, a déjà garé sa Jag et grignote du foie gras.

Le printemps s'annonce au bout des branches. Au bord de l'Atlantique, on sculpte les haies à la cisaille. Hendaye est un souvenir mal effacé, le goût salé d'un coin entier de mon enfance me revient. Du fond de ma tête, les rochers jumeaux reviennent. Hendaye et sa douce lumière où je suis redevenu un petit garçon en bonne santé.

Le soleil s'est couché à 21 h 47.

Les Basques n'aiment pas les yéyés. Au pays de l'opérette, on préfère écouter Luis Mariano. Les applaudissements sont comme il faut. Ouvrir le spectacle devant une salle quasi vide culpabilise. On a l'impression d'être des parias générant du déficit. Des imposteurs. J'ai tendance à reculer pour aller chanter derrière les musiciens stoïques. Michèle aussi en perd la forme, ici, elle a chanté les yeux fermés, dit deux-trois mercis et les feux de la rampe se sont éteints. Du fond de ma fatigue, je pense à une ville de soins, figée par l'océan, dans un blanc d'hôpital.

Entracte.

La colère de Claude est à la mesure de sa modestie. Il refuse de chanter. Ses cris sont démentiels. « Hendaye porte malheur ! », il insulte, vire violet avant de rouer de coups son secrétaire roulé en boule à terre. Cinq, six coups de pied dans le ventre de son bouc émissaire. « Mais faites-le sortir », s'écrie le directeur du théâtre, horrifié. Personne ne bouge, alors le directeur assène à l'idole une formidable mornifle. Le Coq virevolte sur lui-même en se tenant la mâchoire, éberlué. C'est épatant. Je ris de bon cœur, le nez dans le col de ma redingote. Le temps de pousser une porte sur la rue, le Coq menace de me renvoyer chez moi, avant de s'engouffrer dans sa Jaguar. Trop tard, dans quelques jours c'est la fin. Le secrétaire péteux s'est magné de reprendre le volant. Dans le crissement des pneus, je fais un doigt à l'idole. Il y a plus élégant, je sais, mais ça m'a fait du bien. Je ne lui adresserai plus jamais la parole.

Je ne jouerai pas à la star décolorée, je chanterai sans barrière. Je serai ému sans écraser personne. Ni monstre, ni sacré, je serai chanteur. En descendant de scène, je continuerai d'aller au troquet et les gens viendront me taper l'épaule.

À l'Alcazar de Marseille, la salle s'est levée pour Michèle et moi. Tant pis pour lui. Maintenant Cloclo est mon ennemi, même ses sourires me le rendent exécrable. De toute façon, il ne desserre plus les dents.

Au téléphone, maman délire, encore saoule. J'ai failli lui écrire tout ce qui me passait par la tête, mais la page est restée vide.

À quelques jours de la dernière, les traits sont tirés et nos visages lourds. Nous remontons l'épine dorsale du pays, vannés. Georges est pressé de rentrer chez lui. Le convoi s'essouffle entre les volcans. À Clermont-Ferrand, sur le miroir de ma loge, Barbara a inscrit au rouge à lèvres : « Cher Hervé, grandissez bien, je vous aime. » Trois mots peuvent compter plus qu'une journée entière. Ce métier est ma famille. Si Barbara était là, elle me prendrait dans ses bras.

Les théâtres des petites villes ont toujours la même odeur douce et âcre, le public y vient des quatre coins de la région. Meilleurs qu'aux premières dates de la tournée, mon entrée en scène et mes saluts sont moins crispés. Le travail améliore la liberté. Enfin j'exprime mes sentiments sans forcer. Soixante jours durant, les musiciens m'ont tout donné. L'idée de les quitter me rend teigneux. L'ambiance des répétitions me manquera, je rêve d'un tour de chant plus long et d'un nouveau rythme à mes chansons.

Bourges pour la dernière, matinée à 16 heures, dommage, je ne suis jamais heureux de chanter l'après-midi. La bouche est âpre et le jour a l'air de ne jamais finir. Après le spectacle, Claude offrira le dîner d'adieu. À quelle heure vient la nuit dans ce foutu Berry? Autrefois, je n'avais pas peur du jour. Parfois la mémoire flanche, mais pas l'enfance. Peu à peu, le temps se résume à une gravure, un curé dur, une nourrice haineuse, la fumée des boisseaux et l'odeur des châtaignes.

Au théâtre Jacques-Cœur, on affiche complet, le public piétine déjà devant les portes. Encore une bonbonnière, velours rouge, bois doré. Un moment, je me suis assis au fond de la salle pour savourer la dernière balance musicale de la tournée, le son est clair, fluide, nous ne devrons pas jouer trop fort dans ce décor de fleurs de lys.

Paul Lederman, l'impresario des idoles, m'a rejoint, tout sourire, d'une main il me tend un télégramme et de l'autre le journal.

– Regarde, c'est fabuleux, tu es en première page.

Vite, j'enfouis le télégramme au fond de ma poche pour jeter un œil sur l'article de *La Nouvelle République* : « Gloire à l'enfant du pays ». Le papier raconte mon enfance choyée berrichonne. Pas un mot de ce que j'ai vraiment vécu, c'est mal écrit, je n'y retrouve pas un coin de vrai ni le parfum des écuries. Personne ne saura rien de René Villard.

Je dévorerais bien un poulet rôti, mais, de ses gros yeux bleus, l'impresario me signifie qu'il veut parler d'avenir.

L'avenir, d'accord.

– Je t'engage en exclusivité, quatre-vingts jours cet été, tu pars en vedette, monsieur Cordier n'attend plus que ton accord pour signer.

– Comment va-t-il ?

– Tu peux m'appeler Paul... Il regrette de ne pas avoir de tes nouvelles, il t'embrasse, il est fier de toi et moi aussi. Ensemble nous allons faire du beau boulot.

L'enthousiasme me protège. Je veux vivre avec les gens du spectacle.

– Je viens d'engager Christophe. Vive la jeunesse !

Son tout-sourire ne m'amadoue pas, j'ai une foule de questions.

– Mais, Paul, je partirai avec quels musiciens ? Et combien ?

– Tu vas en France, en Suisse, en Belgique, peut-être au Canada. T'inquiète pas pour l'argent. Tu gardes la rythmique de Claude. Ils seront cinq pour t'accompagner. Cloclo ne désire pas tourner avant l'hiver prochain. Ne me remercie pas.

Paul m'étreint, comme si nous nous connaissions depuis toujours.

Partir, oui, je veux. Vite, pour ne pas rentrer chez moi. Là-bas ce n'est qu'un lit. En six mois, j'en crèverais. Partir avec des musiciens que je connais. Au fond de ma poche, je palpe le télégramme, je l'ouvre pour le lire à voix haute, croyant à un compliment de fin de tournée.

– Hervé, ta mère est en clinique ?

– Oui, oui. Mais ce n'est pas grave. Je vais appeler le docteur. Elle est entre de bonnes mains.

En scène, j'ai tout oublié. Un fou rire né en coulisse ne m'a pas lâché. Le Berry est une terre conquise, sur les planches et chez George Sand, je suis deux fois chez moi.

Au Coq d'argent, le bien-nommé, une salle nous est réservée. Heureux que ce soit terminé, heureux que ça recommence, je gesticule un verre à la main. Sous chaque serviette, le Coq a fait déposer un cadeau. Petite faveur pour effacer l'enfer. Sous la mienne brille un portefeuille Hermès frappé d'initiales en or : HV. On n'attend plus que l'entrée des vedettes pour passer à table. Les commodes, les armoires pesantes, les tableaux à l'huile ne créent aucune intimité dans cette salle de pierres apparentes. Si je pouvais, je repartirais dès demain matin pour ne pas voir ma mère en clinique. Les musiciens de la tournée d'été forment déjà un quintette inséparable.

– Alors on remet ça pour trois mois ? T'as intérêt à assurer, me crie Tony le guitariste.

Jean-Pierre fait tinter les verres de son ongle, tandis qu'Yvon le batteur me supplie :

– Arrange-toi pour qu'on voyage en bagnole. Quatre-vingts jours d'été sous chapiteau, tu verras, c'est dur. Et par grosse chaleur, vaut mieux arriver à l'heure, on passe sa vie dans les embouteillages.

Mes oreilles bourdonnent déjà d'alcool.

– Finis ton verre, on va trinquer.

– À la santé du nouveau boss !

Mon calme n'est qu'apparent, d'un trait, je vide le verre. Claude apparaît en costume gris perle sur mesure, Michèle à son bras, impeccable. J'ai la bouche en souci, Jean-Marie le bassiste est déjà éméché.

– On va s'éclater avec toi, j'avais autant envie de continuer à jouer de la guitare basse avec le Coq que de me chier dessus.

Paul achève son discours d'adieu, Claude m'invite à sa table. Je ne dis pas non, je ne dis pas merci, c'est fini, nous ne nous reverrons plus. Face à moi, Michèle creuse ses fossettes. Je n'ai jamais approché l'idole de si près si longtemps. Ses sourcils sont épilés, sa peau est translucide. Il a le cœur serré.

– Que bois-tu ? Blanc, rouge ou rosé ?

– Rouge.

Il sait qu'il a détruit l'admiration que j'avais pour lui.

– Faire ce métier sans devenir un monstre, c'est impossible, tu sais, un monstre sacré comme ils disent. Jouer le mec gentil est le boulot le plus facile du monde.

Je bois son vin millésimé. Nous n'avions aucun droit l'un sur l'autre, c'était entendu dès le départ, mais il a brisé mes illusions.

– Viens à la maison, soupire-t-il généreusement. Un jour je t'expliquerai. Moi aussi j'en ai bavé, je n'ai pas de racine en France, nous avons tout perdu en Égypte dans l'affaire du canal de Suez.

Il déballe tout, ses angoisses, sa névrose. Pour se racheter, il me fourgue sa peine. Je bois son vin, tout en fixant les lettres en or du portefeuille sur la nappe.

– Il ne me reste que très peu de famille, une sœur, je l'ai sur les bras. Ma mère, c'est une Orientale, une vraie, qui passe ses journées à jouer au poker, elle me ruine.

Beau parleur. La mienne est en clinique. Intérieurement, je l'accuse. N'est-il pas comblé par le succès ? N'a-t-il pas une volonté de fer ? C'est quoi, ses soucis ? Seulement la peur de perdre. Se faufilant dans un silence, Michèle me chuchote que son impresario vient de la laisser tomber pour une autre chanteuse.

– Mon Hervé, ne bois pas tant, toi aussi tu vas tomber.

Un petit serveur est fou d'elle.

Au dessert, je m'éclipse pour me rapprocher des musiciens, ils seront bientôt les miens. On ne s'entend plus. L'équipe martèle des coudes la table pour beugler en chœur : « *You want to be a rock and roll star, you-want-to-be-a-rock-and-roll-star!»* On récapitule déjà les bons moments passés, on pense à ceux que nous vivrons demain. Je siffle tous les fonds de verre, l'alcool donne le courage de séduire. Je fais le plein en rouge, en blanc et en cognac, tout y passe dans la cave enfumée. L'écho de la voûte propage le conciliabule, le vin, les voix, les tubes se mélangent bien. Pendant qu'ils trinquent à la chair et aux glorieux exploits du corps, je siffle les flûtes.

Au bout de la table, Claude m'appelle, seul.

– Quel âge as-tu Hervé ?

– Vingt, le 24 juillet.

C'est vrai. À l'heure du plein soleil, j'aurai vingt ans. Un Lion, ascendant Lion. Maman ne me les souhaitera pas. Le plafond tourne.

– Alors, à tes vingt ans, crie joyeusement Paul.

– C'est ça, à mes vingt ans.

Moi aussi je peux boire, boire. À la tournée d'été avec Michèle, tchin. Et Christophe. Tchin. Aux musiciens, à la musique. Tchin-tchin. À Marcelle et à Blanche. Tout boire. Levons les coupes à notre avenir. Boire jusqu'à glisser, se défaire enfin. Mes forces me lâchent dans une chute vertigineuse le long de la nappe, je vomis sur les bottines de Claude François.

Le ciel est chargé d'étoiles dans un lieu qui n'existe plus.

À Paris, on n'étale pas mes mœurs. Les préjugés ont la dureté des pierres et la gloire fait peur aux garçons. Mes aventures sont sans lendemain. Je me hais. Au moment de se rhabiller, les sentiments forts s'évanouissent, la journée qui vient chasse la précédente, de la nuit ne subsiste qu'une zone caressante, enfouie par le matin. J'accepte le tout-venant, un coin de rue, un quai de Seine, un tour d'auto-tamponneuse pour jouer avec le hasard.

Pendant l'amour, un jeune homme engagé à gauche m'a avoué qu'il était marié, puis il s'est mis à pleurer pour s'être lié à une femme dans l'espoir d'un enfant. L'orgasme l'a fait gémir d'effroi, comme un bébé, un instant ses grands yeux noirs ont dévoré son visage, j'en ai eu le vertige, puis il a remis ses lunettes rondes sur son nez bien dessiné avant de repartir en parfait petit-bourgeois.

Je ne pleure pas, c'est à moi que j'en veux de rester seul après l'amour vite fait, c'est moi le coupable de ma solitude. La solitude, au fond, si c'était de l'égoïsme ? Où est l'ami de mon âge, la présence, le protecteur de ma vie privée qui me dépouillera de mes artifices ? Si j'avais une belle-famille, je lui confierais Blanche. Le dimanche, j'organiserais le déjeuner sur des nappes à carreaux, de la cuisine monterait l'odeur du gigot et du caramel… Au lieu de ça, je claque mon fric en clinique de désintoxication.

Marcelle n'est plus Blanche. Je sais quel nuage tourne au fond de ses pensées. Je n'ai pas été assez proche d'elle durant les deux derniers mois et mon absence a renforcé ses habitudes de femme délaissée. Maman s'éloigne, elle ne manifeste aucun plaisir de me retrouver. J'arrache des bris à sa mémoire défaillante, derrière nos rideaux tirés, la pénombre fait surgir ses souvenirs amers.

– Ton père n'était qu'un baiseur, parlons-en de ce gitan baratineur, marchand de ferraille, il a engrossé toutes les filles du quartier. Toutes les copines en cloque du gitan ont avorté. Les aiguilles à tricoter n'ont pas servi qu'à faire des bas de laine si tu vois ce que je veux dire, les ganglions sont partis dans le caniveau. Le gitan m'avait pourtant promis le mariage et puis ce fut la guerre, tu sais… Mais non, c'était après, bien après la guerre, tu vois, je perds la tête. J'étais déjà veuve quand je l'aimais.

Face au miroir, du bout des doigts, maman caresse sa bouche experte en baisers. Elle se drape dans ses bras. Il me faut supporter l'insupportable, sans anicroche.

– Je sais bien que tu ne peux pas m'aider davantage, mon fils, mais je t'en supplie, René, ne me plains pas. Parfois j'ai la tentation de te trahir… mais je me tiens parce que t'es là.

Il faut l'endurer, ne jamais la lâcher, faire le tri dans ce qu'elle me dit.

– Mais oui, à quarante ans, j'étais veuve et pourtant je vous ai gardés tous les deux. Pendant que tu traînais dehors, ton père était encore mon amant et pis ses salopes de copines m'ont dénoncé aux assistantes sociales, par jalousie.

Après avoir fait parler ma mère, je vis reclus quelques jours. Mon mépris pour la souffrance me sert à écrire des chansons tristes.

« Faut-il mourir ou vivre quand on a du chagrin… Arrête de pleurer, Pedro… »

Douze chansons venues presque toutes seules jusqu'aux sillons noirs du vinyle. Ma douce détresse est du goût de mon directeur artistique. Grâce à ses conseils, l'émotion passe bien dans le micro, fluide, à sa place. Enfermé dans la cabine d'enregistrement, le casque sur les oreilles, qui chante ? La souffrance, je la connais trop bien pour l'accueillir, cette sale chimère n'envahira pas ma vie, mais elle rugit dans mes chansons.

J'ai de plus en plus sale caractère. Comment contrôler mes colères quand ma mère sort danser toute la nuit au Balajo ? Combien de fois dois-je courir la chercher rue de Lappe, dans ce boui-boui ? Pour un verre, elle s'enlise dans la valse-musette échevelée au bras de n'importe qui. Ce n'est qu'à la fin du bal qu'on paye les musiciens. Tant qu'on danse, ils jouent, et tant qu'ils jouent, ma mère valse. Les malfamés me traitent de pédé parce que j'ai les cheveux longs. Maman s'en fout, ses yeux brûlent la nuit, la nuit brûle ses yeux. Elle tourne, sourire aux lèvres, me voyant à peine, ouverte à n'importe quel quidam pourvu que ce ne soit pas moi. Encore une fois, elle rentrera saoule de musique et d'alcool, à condition de pouvoir donner son adresse à un chauffeur de taxi. La vie est une équation trop dure. Impuissant, je la vois affreusement gaie, mascotte pochetronnée au fond des rades. Je gêne sa déchéance, elle ne m'avait pas prévu quand à Verdun ma route enfin a recroisé la sienne. C'est trop tard, vraiment ? Aimer quelqu'un, c'est trop de chagrin. Je ne sais plus. Je l'attends, je voudrais partir, je ne voudrais pas la laisser, j'exige, j'ordonne, elle fait ce qu'elle veut, je m'énerve, je me tue, elle est tellement plus forte que moi, déterminée. Je regarde ce qui est en train d'arriver, je ne veux pas qu'elle tombe, qu'elle souffre, je veux qu'elle m'aime et qu'elle puisse rentrer chez elle dignement parce que, cette petite femme défaite, c'est ma mère. J'ai peur du vide et du néant. Si ma mère danse sans me voir et se saoule malgré moi, à quoi sert-il de courir en pleine nuit jusqu'au Balajo pour la voir chauffer la piste au bras de contremaîtres et me saluer d'un petit geste de la main qui peut tout aussi bien vouloir dire va-t'en, ici, enfin, je suis bien.

Laisse-moi.

En ce début de printemps 66, je dîne à la brasserie Wepler. À mon côté, un jeune couple de Libanais se caresse la paume et fronce les sourcils en me dévisageant, stupéfait de me voir attablé seul. L'homme, corpulent, me tend sa carte.

– Je suis Brahim Jella... Pourquoi ne viendriez-vous pas chanter au Liban ? Offrez-moi quelques semaines de votre temps libre et je vous organise une série de galas au Moyen-Orient. Vous êtes un prince de la chanson française dans tout le bassin méditerranéen, le saviez-vous ?

C'est exagéré sans doute, mais un compliment ne fait jamais de mal. Je les remercie avec une courtoisie dont je n'ai plus l'habitude. Des paillettes scintillent dans les prunelles de jade de cette femme voilée. Le Libanais aux dents de porcelaine roule les *r* sur sa langue rose en insistant…

– Je vous en supplie, venez chanter à Beyrouth, je peux vous payer en dollars, en diamants, l'argent n'est pas un problème dans mon pays, cher Hervé Vilard.

Brahim s'exprime chaleureusement dans un français teinté d'accent belge. N'ayant jamais connu l'enthousiasme oriental qu'au cinéma, pendant quelques secondes je songe à la traite des Blanches. Et s'ils me kidnappaient ? Combien leur rapporterait mon enlèvement ? Combien je vaux chez Philips ? La moitié de Claude François ? Les deux tiers ? Mais les songes l'emportent, j'ai besoin de rêver, et le sourire de cette femme voilée, ravie de me rencontrer, m'est un rêve. Je la vois si douce, si soumise que nous rapprochons nos tables pour trinquer. Ils boivent de l'eau et moi de la bière.

– Partageons le plaisir que nous avons d'être à Paris, si beau en cette saison.

Brahim s'improvise manager en traçant sur la nappe de coton le trajet d'un itinéraire mythique.

– La Grèce, la Turquie… Je vous emmènerai jusqu'en Iran peut-être, en Israël, oui, même en Israël, je vous assure. Sa voix devient mélancolique comme si je pouvais le priver de son vœu. Même Israël, reprend-il tout bas. Vous serez l'Ulysse de la chanson d'amour, et quand nous aurons bien voyagé, je vous ramènerai chez vous. Prenez deux ou trois smokings. Si vous n'en avez pas, je vous les offre.

– Saint Laurent s'il vous plaît, pour les smokings.

Grèce. Turquie. Péloponnèse. Liban. Ottoman. Ces mots existent-ils vraiment, de l'autre côté de la Méditerranée ? Je veux bien, Brahim, pourquoi pas. Les cités, les mirages, l'Olympe et les sables, mais ce n'est qu'un poisson d'avril qui filera dès que les lustres s'éteindront.

Quinze jours plus tard, parmi la tonne de matériel nécessaire à mon nouveau spectacle, une malle en cuir renferme deux smokings YSL. Mes cinq musiciens et moi nous engouffrons dans l'avion pour Beyrouth grâce à un Libanais diamantaire demeurant à Anvers. Je suis si bien hors de chez moi. Partir vers l'Orient chanter *Les Feuilles mortes* et tout mon répertoire, c'est grisant. Et je pars sans avoir demandé l'autorisation à personne.

Envolé.

L'avion se pose dans un étui de lumière, le soleil arrose la terre, Beyrouth s'écarte devant la conque bleue. À peine le pied posé sur le sol libanais, l'été précoce brûle à travers la veste.

– Bienvenue au Liban ! s'écrie un Brahim tout en djellaba. Avez-vous fait bon voyage, messieurs les musiciens ? S'il vous plaît, montez dans l'estafette, ma star reste avec moi, je m'occupe de vos passeports.

Une ribambelle de chasseurs entasse l'excédent de bagages dans un camion. Les musiciens gardent un œil sur leur étui respectif, ils sont instrumentistes avant tout, musiciens de stars enivrés par l'air chaud. Le Steinway accordé à 440 les attend au casino. Organiste, batteur, guitariste... Claude, Jean-Pierre, Yvon, Tony et Jean-Marie ont tous dix ans de plus que moi et leur expérience me rassure. En les voyant s'éloigner, je me referme un peu sur moi-même, inquiet, d'interminables tampons frappent nos passeports. Les aéroports donnent l'impression qu'on n'en sortira jamais, comme deux prisons à chaque bout du voyage, mais Brahim use de sa délicatesse enveloppante.

– Nous irons même en Israël, je vous l'avais bien dit ! Téhéran, Istanbul, Athènes... Nous irons à Capri aussi, mais vous n'y chanterez pas, un peu de repos vous fera le plus grand bien, Chouffa s'occupe déjà de votre séjour là-bas.

– Qui est Chouffa ?

– Mon épouse, vous ne vous souvenez pas ? *Inch Allah*. Installez-vous à l'arrière de la Chevrolet.

Des îlots d'arbres en fleurs apaisent la rigueur du roc. Les collines sont tachetées par les troupeaux de moutons. Au sud, bien au-delà des maisons blanches, le sommet des crêtes enneigées ressemble à des nuages de mousse. Je demande au chauffeur de rouler à une allure de promenade, le privant de son sport favori, la vitesse. Navré, le baraqué baisse sa vitre en levant le pied. C'est bien. C'est beau. C'est loin. Loin du Balajo, délivré de ma mère, dopé par l'odeur du cuir neuf.

– C'est quoi ce cri, monsieur ?

– La prière de la mosquée, monsieur.

Un capharnaüm de sons et de coloris se referme sur les flancs de la voiture, le chauffeur jure en arabe pour progresser sur les avenues. Brahim a exigé qu'il me parle en français.

– Allias, il s'appelle Allias, c'est un beau nom, il sera aussi votre garde du corps, quoique vous n'en aurez nul besoin, ici ceux qui vous connaissent vous aiment forcément.

À bout de bras les enfants transportent des monticules de pains dorés sous le soleil cru. Soudain, un portrait peint, à la mèche noire et aux faux yeux bleus, me laisse ébahi : c'est moi sur la corniche, un Hervé Vilard d'aquarelle crève le ciel bleu clair.

Au casino de Beyrouth, mes deux premières représentations en vedette internationale affichent complet. À l'hôtel de France, dressé sur la baie en cinémascope, tout brille, de la porte-tambour jusqu'aux salles de bains. Sur la terrasse de ma suite, entre les jardins suspendus, on fixe la mer droit dans les yeux jusqu'à devoir les fermer, aveuglé par son dos d'argent. Je m'entends respirer. Une flèche ne percerait pas ma cuirasse de conquérant. Brahim n'a qu'une volonté, me porter au rang de star internationale. Mon exigence à moi est de triompher dans son Liban plein de promesses.

Tout chatoie dans le cabaret aux torsades d'or. Je me laisse glisser sur la petite scène en céramique face à huit cents convives. Le youyou des Libanaises couvre ma voix, je dois tripler mon tube – j'ai l'habitude. Au finale des filles, des femmes aux robes meringuées montrent leurs sentiments par une danse du ventre. Le rythme s'endiable entre leurs reins, leurs bracelets sonnent mon succès. Téméraires, les musiciens renchérissent, la partition de *Capri* finit en version orientale. Brahim pleure de joie et un pacha en habit traditionnel me baise la main.

Il ne faut pas quitter Beyrouth sans avoir vu Baalbek. Allias restera à l'hôtel. Se promener avec un garde du corps dans les plus belles ruines du monde ne me paraît pas raisonnable.

Entre les pins et les bambous, tout le long de la route, la plaine de la Bekaa est un jardin d'Éden, au bout Baalbek, sous les montagnes, offre la paix des mythes. Carthage se trouvait là peut-être ? Dans un café à touristes, les musiciens tirent sur le narguilé, l'essence des cèdres chatouille mes narines, Boutros, mon guide, m'offre le thé.

– Bois-le bien chaud. Ici, c'est un art de vivre.

Deux mille ans d'Afrique cuisent les colonnes et les frontons, les pâtisseries orientales parfument ma bouche, soudain je m'imagine vieux, après avoir chanté partout pendant des années, un jour je serai vieux et c'est bien. Tout est bien. Mourir est juste. Le chemin finira, le soleil aura donné et les autres poursuivront sans moi. Qui chantera encore *Capri c'est fini* ? Qui se souviendra de ma petite chanson d'amour ?

Je ne suis qu'un aléa de l'histoire, hanté par le monde, moitié gitan, forcément français, sans origine, et ici, au fond, j'envie Boutros, le vieux berger libanais.

Dormi dix heures au palais du Golestan dans une vaste chambre sans porte, veillé par deux plantons iraniens. À Téhéran, les nuits sont froides et la prière du haut des minarets ne perce pas le silence du marbre. Nous ne sommes pas autorisés à sortir. Les gardes, fiers de leurs moustaches taillées, surveillent les trésors de Persépolis. Vers midi, la relève de la garde a croisé le sabre devant l'éléphant en bois grandeur nature. Au salon culturel, les gerbes de jasmin tournent la tête, Brahim en manager international est visiblement fier d'être venu secourir l'impératrice pour une soirée de charité. Le piano blanc sonne faux sous la coupole émaillée de lapis-lazuli. Tandis que le personnel en sarouel dresse l'immense table de vermeil avec mille gestes étranges, nous devons répéter. En dehors des tapis, les talons claquent le sol avec un boucan de hall de gare, le jasmin, les échos, le ballet fantomatique des serviteurs, rendent impossible la répétition. Rien à faire, le son ne se plaît pas chez les shahs d'Iran. Il cogne, se répercute, et Jean-Marie Ingrand, notre guitariste, ne voit pas de solution.

– On ne va quand même pas brancher nos amplificateurs au palais des Mille et Une Nuits, les Perses nous égorgeraient.

Les notes fusent dans le vide, nous battons en retraite sous l'acoustique désastreuse. Quand les musiciens ont débranché le jack de leurs guitares électriques, la musique est morte d'un coup, le son fauché sous nos mines consternées.

Tant pis, on verra bien.

Dîner à la vodka et au caviar, à la table de l'impératrice enrobée de soie noire. Brahim trône à sa droite, en l'absence du shah. Son Excellence l'ambassadeur des États-Unis affine ses invectives envers les mollahs. Un poète caresse la cithare. Gaston Defferre et son épouse Edmonde Charles-Roux s'entretiennent avec mes musiciens de je ne sais quelle élection sur la Canebière. Face à moi, une ravissante Suissesse m'irrite au plus haut point, elle me prend pour un Québécois. Cette journaliste d'un pays soi-disant neutre fusille la politique étrangère autonome du général de Gaulle, en léchant le sucre talc d'un loukoum au bout de son index.

– Qu'en pensez-vous ?

– L'inverse de vous. Et en bon français de Cambronne, madame, de Gaulle vous emmerde.

Sa Majesté n'a pas entendu. Un grain de caviar est venu se coller sur le cadran de ma montre.

J'entreprendrais bien mes voisins russes sur Lénine et Kroutchtchev, mais ils ne comprennent pas le français, m'a-t-on dit. La féerie d'une soirée impériale dure quelques minutes, ensuite, au Golestan comme partout, ce n'est plus qu'un dîner mondain où on s'enquiquine, et j'ai fâché la Suisse. Mes pensées refroidissent dangereusement avant de chanter. L'ami Brahim vient me sortir de ce bourbier en susurrant à mon oreille.

– Si la Shabanou vient vers vous, inclinez-vous simplement en baissant les yeux.

– La shaba quoi ?

– L'impératrice d'Iran, voyons. Elle vous adore.

En montant sur scène, un fil me tient encore à la vie, ce n'est pas bon signe. Concentre-toi, merde. Avec mes chansons larmoyantes, ma bouche sèche et mes excès latins, j'ai fait le plein de moi. La coupole étouffe toujours l'orchestre, mais, en conjuguant nos efforts, nous avons vaincu la barrière de lapis-lazuli. À la fin, c'était beau, pour la première fois on m'a applaudi du bout des gants. Entre quatre cracheurs de feu, la Shabanou aux lèvres luisantes est venue à ma rencontre, d'un mouvement de la main m'offrant la reconnaissance de son peuple, elle a fait dérouler un tapis de soie et je me suis incliné comme dans un rêve.

Si Daniel Cordier me voyait. Si ma mère, si Dalida me voyaient... Shabanou, Persépolis, Alexandre le Grand... et Vilard.

Je ne chante pas toujours de la même façon, bien souvent les autres me mettent en danger, chanter dépend de la lumière, du décor, vers qui je tends les bras, mais chaque fois un peu de bon doit s'échapper de mon cœur émotif.

Quitter l'Iran ne me donne qu'un regret, n'être jamais sorti du palais, pas une rumeur, pas un klaxon, n'a traversé les murailles et les patios. De Téhéran j'emporte les jets d'eau d'une cage de marbre. Un jour m'aurait permis de traverser la ville, mais mes musiciens sont trop pressés d'aller fumer du haschich à Istanbul. Je sais bien ce qu'ils ont en tête sous leurs fronts paisibles. Nous avons repris l'avion militaire sans voir briller une lueur persane dans la fraîcheur d'une nuit violine, mon beau tapis roulé sur une valise.

– Appelle-moi Christine, mon biquet, c'est mon véritable prénom. Natacha n'est qu'un pseudonyme pour mener la revue. Il y a des années que je lève la jambe à travers le monde. Si tu savais comme la France me manque après trois ans passés à Berlin et quatre à Vegas. Si tu savais comme j'ai envie d'un camembert-moutarde de Dijon quand je vois un petit chanteur français à Istanbul. Au cabaret de Caravansérail, c'est pas Byzance, mon biquet, j'en ai marre de bouffer turc, ici les mouches traînent sur la viande et le champagne que l'on nous sert ne vaut pas la blanquette de Limoux. On m'a dit que tu chantais pour deux semaines ici, nous les filles on est encore là pour une saison à faire craquer nos guibolles. Faut être chaudes devant ces messieurs-dames pour danser le french-cancan…

Au cabaret de renommée internationale, la loge commune n'est pas bien grande et Brahim se damnerait plutôt que d'y passer le nez. Trois Suédoises blondes, deux Italiennes et une Française brunes, toute poitrine dehors, chargent leurs dos en bouquets de plumes d'autruche. Sur scène les tableaux changent, bleu turquoise ou vert émeraude... Les musiciens salivent, les yeux bien ouverts, la poudre des paillettes et le duvet de cygne se collent sur nos joues moites.

– Oh, là, là ! Attention Pariss tour Eiffel Charles Zaznavour, gazouillent les danseuses dans le carambolage des coulisses.

Les mâles à l'affût flairent la chair aux reins cambrés. Rien de plus fantastique que le monde du spectacle quand mes cinq musiciens me portent en scène prêts à mordre le swing. Inlassablement, même si le public ne comprend rien à notre langue, ils restent les requins du feeling. Au Caravansérail, malgré les jambes légères, les pompons, les girls, ils sont là. Avec eux, rien à craindre, ma famille de musique va partager l'instant.

– Ceux qui veulent trouver l'amour devraient sortir en ville...

Tandis que Natacha et moi marchons dans le tumulte du grand bazar, la meneuse de revue me pousse à la confession. Dès le troisième jour, elle décrète qui je suis et ce que je vais devenir, un bras derrière ma nuque.

– Tu n'aimes pas les femmes ?

Elle veut me l'entendre dire.

– Qu'en sais-tu, Natacha ?

– Je m'appelle Christine.

– Je préfère Natacha.

– À trente-six ans passés, j'aimerais remplir le temps qui reste et ne pas trop réfléchir devant la glace, le soir, en me charbonnant les yeux.

Un traître soleil nous chauffe le crâne, j'appréhende le vrac des fils électriques entortillés dans les ruelles. Un marchand nous offre le café turc avant de sortir des étoffes d'un panier en forme de ruche. Natacha s'accroupit à même la terre, les rayons du soleil baignent le grand plateau de cuivre et illuminent son visage fané par le démaquillant. Elle choisit un foulard orange pour le nouer dans sa chevelure bleu foncé.

– Je te plais ? Est-ce que je ne fais pas trop vieille pour toi ?

– Tu es encore très belle pour trente-six ans.

– Prends, touche la qualité, pour toi petit Français pas cher.

Je fais un camaïeu de six foulards que j'offrirai aux danseuses et cinq pipes à kif pour les musiciens. Natacha met du baume sur la discussion d'argent, tout émue, vieille coutume orientale, dit-elle, tout n'est que flouze en Turquie et rabattre le prix au Grand Bazar est une conversation obligée.

– D'accord, mais je t'en supplie, finissons-en, Natacha, aide-moi plutôt à choisir un cadeau pour ma mère.

– Oh un petit homme qui cherche un cadeau pour sa maman chérie, comme c'est touchant !

Vexé, je n'ajoute rien. Elle préfère ce bracelet ciselé d'or. Oui, oui, prenons-le. J'ai hâte d'être sous ma douche au Hilton. Les passagers de l'autobus débordent des vitres, Natacha s'assoit sur mes genoux, bien trop lourde, mais je l'enlace en soupirant.

– Regarde là-bas, j'habite un yali sur l'autre rive du Bosphore.

– Seule ?

– Non. Je vis avec Jaguar… C'est mon chat.

– Qu'est-ce que c'est, un yali ?

– Une vieille baraque en bois datant de l'Empire ottoman.

À l'heure où Istanbul rentre du travail, le fleuve se voile et protège ses mystères. Je suis sûr que les musiciens ont trouvé des femmes dans le quartier des bars.

Le lendemain je m'aime, couché dans un lit, sous l'emprise de Natacha. Jamais je n'avais vu une femme clapoter dans son bain le dos courbé comme un point d'interrogation.

– Les chanteuses adorent les homosexuels. Vous êtes désirables. Nous, avec les machos aux tempes grisonnantes, nous ne restons que des maîtresses clandestines. Danser nous sert à rester plus minces que leurs femmes. En scène, je chasse les mouches avec mes plumes.

Après le spectacle, elle quitte sa robe de feu et moi mon smoking, ivres de gloire nous filons en Porsche sur l'asphalte phosphorescent, admirant les affiches écarlates des films indiens en rotation. Une fois au yali, je m'étends sur son divan, le chat angora joufflu a la griffe lascive, des disques et des livres traînent sur le vieux plancher, le ventilateur paresseux me fait claquer des dents pendant que Natacha s'épile.

– Veux-tu du thé, mon biquet, c'est aphrodisiaque.

– J'aime pas le thé, mais je veux bien une bière glacée.

Elle escorte mon corps, écoute mon cœur battre, redessine mon torse peu développé du bout de ses ongles.

– Va faire ta toilette, lécheur.

Puis elle jette ses cris d'amour pleins de satanisme, et d'expériences. Au fond de son orgasme, je suis libre, ses bras sur ma peau m'apprennent l'abandon. Sorcière maternelle. Notre âme et nos corps se serrent sous la lune, l'humanité dort, un trait d'union enfin calme nos insomnies.

– Tu l'aimes de tout ton cœur, n'est-ce pas ?

– Qui ça ?

– Ta mère.

– Oui, je l'aime. Elle me connaît si peu.

Ses questions indiscrètes ont une telle candeur qu'elles me font à peine mal.

– Le sexe, c'est un prétexte pour ne pas rester seule. Grâce à la solitude de l'autre, on peut accepter de l'être aussi.

– Tu vis avec elle ?

– Qui ça, ma mère ?… Je voudrais bien.

– Alors envoie-lui une carte postale de la Mosquée bleue… Moi je finirai concierge dans la Drôme. Mets de l'argent de côté surtout, ne fais pas comme moi.

Elle a raison, Natacha, tout cela finira par des larmes. Un nouveau voyage nous consolera.

Je quitte Istanbul bronzé, heureux de n'être pas resté seul dans ma chambre du Hilton. En partance pour Israël, Brahim se fait une joie de me remettre dix mille dollars et les musiciens me traitent de petit cachottier.

– Dis donc, tu nous surprendras toujours. T'aurais pu nous faire croquer de la blue-bell girl à Constantinople, quand même.

À peine le visa de travail frappé sur mon passeport, des dizaines de langues venues du monde entier envahissent le hall. Une famille entière de pieds-noirs d'Alger rapatriés à Tel-Aviv vient pleurer dans ma veste. Des visages de toutes les frontières, valises à bout de bras, l'œil dur de fatigue, s'écoulent avec moi vers les sorties. Derrière la baie, un cow-boy juif trottine les jambes en équerre sur son âne. Dans ce pays qui ne ressemble à aucun autre, je viens chanter au Rio Cinéma pour Sarah, Salomon, David, Rachel, Esther, tous des soldats. Qui n'est pas soldat dans l'arche d'Israël ? Il faut saluer le général Moshe Dayan et son bandeau sur l'œil gauche. Face à l'unique caméra de la télévision, je crie «shalom, shalom» en sachant très bien ce que cela veut dire.

C'est le mois de mai 66. Partout, les Israéliens creusent la Terre promise au marteau-piqueur, partout les Arabes et les Juifs fondent leurs efforts en commun, on mange sur les échafaudages, on joue aux échecs sur les gravats, la nuit l'eau glougloute aux pieds des plantations, l'aube précipite la fournaise sur le béton frais, un mongol à la peau noire plante des oliviers sur la route de Haïfa.

Brahim n'aime pas beaucoup les gens de ce pays, je ne discute pas. Ici je suis la voix de la France, amie en direct sur Radio Kol-Israël.

Pendant le récital, un bulldozer perce encore une canalisation derrière le cinéma. Le plâtre du plafond s'effrite sur ma tête. Ce pays ne s'arrêtera jamais de travailler. Je chante plus fort qu'un bulldozer. À cette minute, là-bas, à Istanbul, Natacha en scène doit penser à moi.

Athènes est un peu partout, extensible, à l'infini, mouvante comme une tache d'encre. L'avion venant de Tel-Aviv a pris du retard, on va enchaîner direct. Le vent balaye les jardins et les kiosques à journaux. Vers 18 heures, il cesse avec l'aide des dieux. Perdus quelque part dans la ville, au Théâtre antique, un bon millier de spectateurs reprennent mes chansons, comment les connaissent-ils par cœur, tous ces Grecs ? Je voudrais tempérer l'exaltation des jeunes, mais ce sont eux qui m'envoûtent et me possèdent, la foule devient une houle et tout Athènes lève son pouce vers moi. Pour *Capri*, ma voix ne passe plus leur clameur. Ils scandent : « Pom-pi-dou, Pom-pi-dou ! »

Brahim hurle :

– Vous êtes une idole, bravo, vous êtes une idole !

Je suis une idole ?

Je suis une idole.

Les filles lèchent ma sueur en espérant me soutirer une mèche de cheveux malgré les coups de matraques. À pleines mains, j'agrippe mon smoking lacéré, la cohorte militaire m'arrache au débordement pour m'escorter jusqu'au fourgon.

– Où va-t-on, Brahim ?

– À la caserne du Pirée. Voulez-vous ma veste ?

– J'irais bien nager dans l'eau fraîche.

Déjà la nuit efface ce que j'ai vécu, de bateau en bateau, les sirènes se répondent, des barques en fête passent au large, je plonge à poil dans l'eau grasse du port, lisse comme de l'huile. Athènes ne serait pas Athènes sans l'Acropole illuminée tout en haut de la ville éteinte. Non, tu n'es pas tout seul. Vraiment pas. Dans l'eau sombre, j'allonge mes bras, à peine quelques vagues, lourdes, semées de points lactés et de clignotements. Silencieux, je flotte. Vaincue, l'adrénaline me lâche, et je quitte la terre.

À la petite taverne engloutie par les monstres de béton du port, Brahim distribue ses dollars afin que je puisse me sécher et passer des vêtements neufs. Mon smoking est en haillons. Ici aussi, l'argent fait mille petits miracles. Les enfants du Pirée me rapportent de vieux habits marins. Ils ont des yeux malins.

Jour de relâche. Athènes plus pensive que la veille dans l'immensité brûlante de mai. À l'ombre, on se penche à deux sur un journal, la pollution roussit les statues dans les jardins au bout de l'ancienne Agora. Je marche jusqu'au

Klafenion café. Le moyen d'expression le plus raffiné du grec, c'est le geste. Les joueurs de jacquet convoquent le diable pour sortir un bon coup de dé, d'autres usent leurs chapelets en s'humectant les lèvres à l'ouzo. Un air de Théodorakis navigue entre les ruelles. Au quartier Plaka, tout se vend, sauf l'honneur des chauffards qui klaxonnent au volant de leurs carcasses, des tentacules de métal saturent toutes les collines. Arrivés au sommet de la place Omania, les touristes observent le gros chiffon de pollution qui flotte sur la ville. L'Acropole semble plus belle sous le ciel bleu des cartes postales. Avant de redescendre donner mon dernier gala pour Brahim, je poste la même nouvelle à Daniel, maman, Dalida, sans oublier Louis Nucera… « Tout va bien. À bientôt. La bise. M'écrire poste restante Capri. »

Des flics en jeep bouchent les avenues autour de l'hôtel de Grande-Bretagne. Le monde est plein de flics et partout ils se ressemblent, en tricorne, en casque, en képi. L'ordre veille sur la musique.

Le jeune roi Constantin II de Grèce est là, trois, quatre, cinq généraux, six ou sept colonels chamarrés d'opérette, c'est beaucoup pour les cent cinquante convives d'un dîner de gala. Après le concert de bouzoukis et les danseurs de sirtaki, je n'en mène pas large sur l'estrade érigée au milieu du salon.

– Mesdames, messieurs, nous avons dîné avec l'impératrice d'Iran, vu Baalbek, foulé la Terre promise. Merci Brahim pour ton accueil chaleureux au Liban.

Mais je m'embrouille, la liste des remerciements est longue et la chaleur plombante. J'abrège sur nos frais souvenirs de Turquie.

– Mesdames, messieurs, voici une chanson que je viens de créer à Istanbul.

Soudain, je les vois rugir. Évidemment, nul n'ignorait les tensions gréco-turques, sauf moi. Merde, pourquoi personne ne m'a rien dit ? Comment excuser ma boulette diplomatique ? Les voilà qui se mettent à jeter les assiettes maintenant. Brahim apaise ma panique dans un fracas de vaisselle.

– Tss, tss, cher ami, on ne triomphe pas à Athènes sans casser les plats.

Pour me raccompagner jusqu'à ma chambre, le groom en livrée vert bouteille m'a fait passer par les cuisines. Arrivé devant ma porte, il se retourne, sûr de lui, excité.

– Ça sent la poudre. Le petit roi ne pourra plus danser longtemps avec les colonels.

Il est sympa, ce roi, pourtant. Sous ma fenêtre, des patrouilles se croisent et la flamme d'un briquet éclaire un instant le profil dur d'un bidasse. Petit soldat. Soldats. Le monde peut-il devenir meilleur ?

Pourquoi mes musiciens sont-ils partis ?

Escale à Rome. Descendre jusqu'à Naples sans visiter la Ville éternelle, c'est rageant, et ça me contrarie davantage que le télex de mon impresario : « Hervé, si tu veux faire carrière, ne t'éloigne pas longtemps de ton pays. Paul Lederman. »

Capri, pourtant, est un peu mon pays. Depuis Naples, on aperçoit le mont Solaro. Brahim s'étonne que Paul n'ait même pas ajouté un mot d'amitié au bas du télégramme. Pas grave, Brahim, le show-biz n'est pas délicat et je m'en fiche à l'heure où le bateau à vapeur jette l'ancre dans la baie de Marina Grande. En barque légère, nous passons sous la grotte bleue. La paroi suinte de grosses gouttes fraîches comme une bénédiction. Devant la Madone, le batelier signe sa barbe grise. Avant de reprendre les rames, il crache dans son talkie-walkie.

– *Musica ! La stella é qua. Musica, la stella é qua !*

– C'est votre musique qu'on joue, me souffle Brahim. Vous l'entendez ?

– J'ai l'impression d'être mort et d'entrer au paradis.

Sorti de la crique, le batelier lâche ses rames en dressant deux bras vainqueurs.

La stella è qua !

Sur le ponton, la fanfare flonflonne mon tube comme un hymne napolitain. Monsieur le maire, les joues flasques, ajuste son écharpe avant de me donner l'accolade.

La stella, l'étoile, c'est moi.

Le long du quai m'accueillent les pleureuses, les badauds, les touristes, des ladies et des familles. Chacune y va de son appel, chacun me tend les mains.

– *E qui ragazzo, vienni qua.*

– *No é finito Capri !* crie le poète en jetant son canotier.

Exemptés d'école, les enfants agitent des fanions bleu, blanc, rouge, et jaune, blanc, vert. Je baise le sol. Chouffa se réfugie entre les épaules de son mari. Le funiculaire nous remonte sur l'à-pic.

Là-haut, il n'y a plus personne.

Le sentier du cap traîne entre les vignes et les rochers couverts d'aiguilles. Toute blanche, la villa Pompéi regorge de bougainvilliers en fleur.

– Soyez ici chez vous. Nous possédons une villa un peu plus haut, rebaptisée Chouffa. Passez nous voir. Et si vous avez besoin de quoi que ce soit, demandez à Pépino.

Brahim me sourit des yeux.

Son bras désigne la mer.

Je reste seul au paradis.

Le soleil plonge vers l'autre rive. Pépino soulève sa casquette en arrosant les tubéreuses dans les amphores.

– *Buona sera Signor.*

Dans le livre d'or de la villa Pompéi, une foule de duchesses, de lords, d'artistes et d'écrivains illustres ont laissé un trait de plume avant d'aller rêvé dans le lit à baldaquin où je vais dormir. Toute la nuit, j'ai entendu des oiseaux.

Capri existe. Je me parle tout seul. Je vois tout et je plonge dans mes notes. Je ne fais rien. Je ne veux rien. Juste m'asseoir sur une pierre. Sans réfléchir. Capri, c'est de l'horizon. J'ai bien le droit à quinze jours de vacances clandestines. Je veux me dissoudre, aspirer la baie, me laver du succès que je me suis injecté en prenant le métro il y a deux ans.

Sonnez, sonnez matines. Suis-je le fils prodigue revenu sur l'île des Sirènes ? Persiennes closes, je tends l'oreille. Quand le ciel se couvre, les gens sortent, leurs pas crissent sur les graviers. Un klaxon hurle et se tait. Accoudé au balcon des légendes, une nouvelle chanson me turlupine.

Il reviendra, le très joli bateau
Il reviendra un jour
Il fera beau

Faut pas réfléchir à une chanson, faut qu'elle vienne comme si on l'avait déjà. Un chapeau de papier sur le crâne et une bouteille de vin frais sous le bras, je vais voir Chouffa. Là-bas, dans la mer, un hélicoptère se pose sur un yacht comme une question.

Pourquoi certains sont-ils si riches ?

D'une main, une fillette tient la jupe de sa mère ; de l'autre, une pastèque en équilibre sur sa petite tête. Les Capriotes ne vous diront jamais que leur île est la plus belle, seulement qu'ils sont heureux de ne l'avoir pas quittée, pour la folie des peintres et le plaisir des amants.

Les figuiers penchent au bord des falaises. Je ne cherche pas à franchir les frontières de mon imagination. Deux gars blonds enlacés écoutent leur transistor sur la Vespa. Ils sont d'ici, de leur mémoire, marchands de citrons. Même s'ils ont de la sympathie pour les bandits de Naples, eux ne pillent les vitrines de luxe que de leurs yeux étrangement clairs.

À qui j'appartiens, moi ?

Quelqu'un fait la vaisselle dans une cuvette d'émail. Ici, à midi, tout bruisse, une brindille, un lézard sur les dalles. Personne ne traîne à l'heure de la sieste. Douze coups sonnent, la messe est dite. Je m'en retourne par les chemins de traverse. Là-haut, les trois bonds d'un chamois procurent une intense sensation de plénitude. Au bout de la route en lacet, on enterre un mort à flanc de mer. Des ronces me font reculer. Je me perds, mais tous les sentiers mènent à la villa Chouffa. Devant la Madone du Secours, où brûle nuit et jour une chandelle, j'ai joint les mains pour moi. Ma chanson mièvre me trotte dans la tête.

Il reviendra, le très joli bateau…
Un jour qu'il fera beau…
Il fera beau
Au bal des papillons…

Et puis rien, ça ne vient plus.

Le piano de Chouffa sonne bien. En chemin, j'ai eu peur d'oublier le fil de mon refrain.

Chouffa est enceinte. La douce aux yeux pailletés marche pieds nus dans sa villa, sans voile.

– Brahim rentrera tard. Tutoyons-nous maintenant et partageons un plat de spaghettis.

Je tapote son Steinway.

– OK, Chouffa. Dis-moi ce que tu en penses. Papillon ou tourbillon ? Le rythme n'est pas terrible, c'est l'histoire d'un bateau.

– Il sera bien, ton bateau… J'ai un faible pour la culture occidentale. Sans Brahim, mon père m'aurait enfermée à la maison. A l'heure qu'il est, je serais séquestrée par mes frères.

En l'écoutant, je pianote. Chouffa danse. Elle me montre son ventre rond. Ses confidences accompagnent mes accords amateurs.

– Et toi ? Tu ne t'ennuies pas, loin de ta famille ? Des copains ? Tu es jeune et si sérieux. Il y a des night-clubs à Anacapri…

– Je sais, on me l'a déjà dit.

Comme une sœur, Chouffa me parle des hommes, de sa vie, de l'amour. De temps en temps, elle me questionne : Et toi ? Et toi ? Mais je ne réponds pas. Je pianote. Parler de soi, ça sert à quoi ? Mais ici, je me sens bien, devant la mer verticale. Que veux-tu savoir, Chouffa ? Mon enfance. Les peupliers, Pigalle, les galères d'orphelins, la délivrance… Tout est allé si vite. Je tape les touches en remontant l'anatole. Personne ne s'est attaché à moi longtemps, on ne m'aime pas, pas vraiment, je ne sais pas pourquoi. Mes amis sont tous très occupés. Les groupies me font peur. Au fond, je pourrais vivre ici, devenir jardinier comme Pépino, je soignerais les plantes sur les terrasses en pente. À Paris, ma mère vit avec la certitude qu'elle ne vaut rien… Je n'ai pas de plan de carrière. Demain on m'oubliera ; si ce n'est pas demain, ce sera dans un an. Je crois que ça finira mal. Je veux juste rester vivant et voir de belles choses. Comme ici, à Capri. Le paysage me soulage.

Chouffa presse ses mains contre sa bouche furieuse.

– *Mektoub*, *Mektoub* !

J'arrête de marteler son piano.

– Qu'est-ce que ça veut dire ?

– Chez nous, cela signifie qu'on ne doit pas forcer son destin – et d'ailleurs on ne le peut pas. Un homme n'a pas ce pouvoir. Tu ne retourneras pas vers l'anonymat.

– Ah bon, tu crois ? En tout cas, j'ai trouvé une petite chanson.

Nous avons ri jusqu'à la nuit tombée. En bas, un prêtre en soutane s'est arrêté pour souffler sur un banc. Les plaisanciers rentrent au port.

Brahim nous rejoint, exaspéré.

– Que les milliardaires sont pénibles !

Il s'affale sur le sofa.

– Cher Hervé, vous contribuez à la relance du tourisme capriote et tout le monde vous en est reconnaissant, l'île n'a plus son succès d'avant-guerre. Votre chanson va leur ramener du monde. Tenez, vous avez un télex de monsieur Louis Nucera. « Que fais-tu, grand voyageur ? Rentre vite, on t'attend à la maison. Nous t'aimons. Suzanne et Louis. »

En quatre secondes, mes méninges se délient, je me remets au piano.

– J'ai trouvé, écoutez. Je vire les tourbillons, les papillons...

Il reviendra, le très joli bateau...
Il reviendra un jour qu'il fera beau...
À la maison tout le monde t'attend.
Et on fait des prières pour que tu sois
[dedans.

Ce n'est pas du Verlaine, mais ça me plaît.

Jouez pour moi, trompettes de la renommée en place de la mairie ! Résonnez contre la tour et son horloge de faïence. Comment monsieur le maire, mains croisées sur son bidon, peut-il unir mon nom à ceux d'Ulysse, de Tibère, d'Auguste ? Dans ce panthéon, Vilard sonne creux. J'en rigole tout en jurant fidélité à l'île des Sirènes. Un parchemin me fait désormais citoyen d'honneur et propriétaire d'une parcelle de terrain pour cent ans, le sceau frappé dans la cire rouge en fait foi. Je possède également la clé d'Anacapri, où nul ne pourra m'empêcher d'entrer. Que d'hommages reçus, que de baisemains à la table d'honneur du belvédère. Des baronnes, des ducs de la Vieille Europe, dandys et gigolos nostalgiques des années 50. L'orchestre kitsch joue *Volare, ho ho cantare, ho ho ho ho... Tchao tchao bambina, Tutti frutti...*

Chouffa passe à mon doigt une chevalière sertie de mes initiales en diamant, HV.

– Occupe-toi bien de ta maman. Brahim connaissait ta vie, mais ne m'en avait rien dit. Je suis touchée que tu te sois confié à moi. Si tu passes par Anvers, viens nous voir.

Je viendrai.

Mentir par omission n'est qu'un demi-péché. Je n'ai pas tout dit. Je peux tout chanter, même faux. Mais dire la vérité, j'ai du mal. Le soir descend, j'ai la tête enflée d'amitié. C'était mon premier grand voyage. Les gens, les fanfares, le maire, les pleureuses me donnent tout sans rien me demander. Je possède un coin du paradis pour un siècle, je pourrai revenir ici me construire une tour dorée. Capri, je lui appartiens. Chouffa m'a dit : « Vis. Vis ta jeunesse. Aime-la. Il faut se faire confiance. » Elle a glissé sa main dans la mienne. J'ai vu le ventre dévoilé d'une femme arabe... Chouffa, Natacha, Dalida. Les madones me protègent. Par la grâce d'une rencontre d'un soir à Paris, au Wepler, la vie m'a emmené jusqu'ici, à Capri.

Rue Jenner, toutes les stars de la firme sont à l'heure, on n'attend plus que moi pour le lancement du musicassette Philips, le magnétophone c'est l'avenir ! Sheila, Nana, Rika, Johnny et Brassens. Je débarque pas très frais au milieu du salon VIP. Louis Nucera m'offre le gadget qui va révolutionner le marché. Pub, promotion, haute technologique, marché, ventes… Il faut sourire aux photographes, égayer le futur, courir aussi vite que les sixties. Chez Philips, il y a du profit dans l'air et mille promesses pour la chanson française. Brassens s'éclipse sans avaler un petit-four.

– Dis donc, n'oublie pas ta tournée, me lance Paul Lederman. J'aimerais ne pas avoir à lancer un avis de recherche chaque fois que tu disparais. C'était comment, Capri ?

– C'était sensass.

Il est content de lui, l'impresario.

– Christophe, Michèle Torr, Hervé Vilard, soixante-dix jours à l'affiche, vous allez faire un tabac cet été.

– Je suis heureux de partir, Paul. Mais je le serais encore plus si tu me dégottais un cabriolet sport et un chauffeur. Jeune.

Ma phrase sonne bien.

– Et pourquoi pas une soucoupe volante ? Il est pas beau, l'autocar ?

M'en fous, j'insiste. Je sens grandir mon pouvoir sur un triomphe couru d'avance. Paul tente une ultime négociation.

– Bon, une Peugeot 404 suffira.

– Un cabriolet sport, j'ai dit ! Et avec un chauffeur. Puisque j'ai pas le permis, je voudrais que mes fans me voient filer avec un chauffeur sexy. Le *stella e qua*, merde !

J'ai haussé le ton. Un murmure parcourt l'assistance, des rires grinçants, des soupirs outrés. Paul rit jaune, le salon VIP de Philips n'est pas propice au scandale. Bronzé et mince, je me donne le droit de devenir aussi pénible que Cloclo, qui d'ailleurs m'accorde une poignée de main fraternelle.

Louis me prend par l'épaule.

– Nous avons reçu ta carte.

Suzanne le rejoint, inquiète.

– T'exagères. Comment va ta mère ?

– Très bien. Je l'ai vue ce matin.

– On s'en veut, Michel Breton et moi, tu sais… Avec la vie que tu mènes, à ton âge… À notre avis…

Louis fronce les sourcils, embarrassé.

– Quoi ? Qu'est-ce qu'il y a, dites-moi…

– Écoute, pendant ton voyage en Méditerranée, on a retrouvé ta maman au commissariat. Elle s'est évadée de la clinique en chemise de nuit. Le docteur Kelling m'a dit combien tu te débats pour elle. L'addition est gratinée. J'ai prévenu Daniel Cordier.

Tous les deux me fixent du regard.

– Pourquoi nous l'avoir caché, nous sommes tes amis. Pourquoi gardes-tu ça pour toi ?

– Louis, ne me dis pas que tout le monde est au courant ! C'est vrai que je l'ai sur les bras, mais je la garde.

– Un flic a vendu la mèche. Mais Michel Breton a étouffé l'affaire. La presse n'en a pas parlé.

Louis soupire.

– Allez, t'en fais pas… Tu as raison, profite de ta jeunesse, de ta décapotable avec banquette en cuir…

– Une banquette en cuir crème, un chauffeur et un musicassette révolutionnaire !

Mon secret le plus douloureux prend fin. Ma vie devient transparente. À mourir pour mourir, je vais m'enfuir dans un bolide.

Blanche est rieuse. Même par temps calme, sous les matins tranquilles, elle veut que je l'appelle Marcelle. Elle prépare sa tambouille en gazouillant. Toutes les versions de sa vie, je les connais par cœur. Les trous de sa mémoire s'allongent comme des ombres, son désarroi s'accroît. Son passé a de plus en plus mal au cœur.

– Ah, elle en aura vendu des violettes, ta petite mère, qu'est-ce que tu crois ! Nous étions une bande de copines à exhiber nos jambes fines pour fourguer un bouquet. De mon temps, les jeunes n'avaient pas les moyens d'apprendre à lire chez les chaudronniers de la Croix-de-Chaveaux. Fallait marner pour rapporter quatre sous à la maison, sinon y avait rien à grailler. Ta petite frisée gueulait les refrains de Fréhel dans le faubourg.

Je sais, je sais, ma petite maman. Vers midi, elle regarde *Nous deux* comme une midinette, en soupirant, les yeux dans le vague. Ou bien elle fredonne des airs de cour d'immeuble... *Du gris que l'on prend dans ses doigts et qu'on roule*, c'est chaud, c'est chouette... ça vous machin-chose... Au gré de son humeur, le nom de mon géniteur évolue : Armand, Dédé, aujourd'hui c'est Julien.

– Moi aussi, j'aurais pu devenir une vraie chanteuse si je m'étais laissé toucher le croupion, même que j'aurais pu être putain ! Oh ! je dis des bêtises.

La voilà qui rougit d'une brève rencontre du temps où elle était ouvreuse au Théâtre des Variétés. Sa gouaille me sidère et je l'aime.

– Un violent gaillard à rouflaquettes, pis y a eu la guerre, mon malheur, et je suis restée veuve avec trois mômes.

Elle sanglote.

– Maman, tu me l'as déjà dit !

– Dis donc, laisse-moi pleurer, je pisserai moins ! La Miss ne m'a pas aidée, faut dire.

– Quelle Miss ?

– Mistinguett, pardi. J'étais pourtant sa copine, son habilleuse, la bonne à tout faire de cette radine. Quand je pense qu'elle faisait l'aumône à son public pour trois poireaux, alors que cette salope levait la guibole au Casino de Paris devant les Fridolins.

J'ai repris le studio d'Antoine, un étage au-dessus de chez maman. Le chanteur contestataire m'a légué le brouillon d'un triomphe sur une feuille de papier quadrillé : ses *Élucubrations* sont l'hymne de la jeunesse. La France devient insolente.

Ma mère m'a dit Antoine
Fais-toi couper les cheveux
Je lui ai dit ma mère
Dans vingt ans si tu veux.

Chacun sa mère. Antoine s'est barré avec sa caution en me laissant un matelas, deux chemises à fleurs et un bouquin de Socrate. Ses cheveux collés au fond du lavabo sont toujours aussi longs. Les cafards arpentent la tuyauterie. Qu'est-ce qu'il m'a pris de m'installer rue Constance, dans le même immeuble que Blanche ? À cette heure-ci, elle n'a besoin de rien et surtout pas de moi, elle va taper l'apéro chez le caviste des Abbesses. Avant la nuit, elle deviendra Marcelle jusqu'à plus soif. Trop de courrier de fans à dépouiller. Dans Socrate, j'ai trouvé quelque chose : « Connais-toi toi-même. » Cette proposition m'intrigue, sans me distraire de mon obsession : je ne veux pas qu'on m'oublie dans un studio orange et noir. La vue donne sur le mur d'en face. Le jour n'entre jamais. Heureusement, avant qu'on m'oublie, j'aurai une Ford Mustang, boîte de vitesses automatique. Daniel me l'a promise. Demain, nous irons la chercher tous les deux, mais qui va la conduire ?

C'est pas Socrate.

Dans *fête*, il y a *été*. En blanc Courrège, je déboule sur les tréteaux bancals. Kermesse de la bière à Maubeuge, foire de l'andouille de Vire, 14 Juillet à Metz ! Partout Courrège fait sensation. Qu'est-ce qu'on se tape comme kilomètres d'une fête votive à l'autre sous des chapiteaux bondés. Pas un jour de relâche, en matinée comme en soirée, le public tape des pieds à nous assourdir. Michèle Torr est ravie de partager l'affiche à trois. Et Christophe Bevilacqua n'est pas mon rival, c'est mon ami. En répétition, nos musiciens forment un seul et même clan. Christophe joue du blues, astique ses guitares, son piano, sa batterie, sans bavardage inutile. Compositeur acharné, il peaufine le son. Il est secret, sans douleur, toujours prêt à partager sa passion pour la musique. J'ai intérêt à bosser ma technique et à approfondir mon interprétation. Selon les gazettes, les yéyés agonisent déjà.

– En scène, les musiciens ! beugle Lederman, en palpant déjà la recette.

Sous la lune, Michèle se gargarise de thé au miel, sereine, quoi qu'il arrive elle gagnera ses galons de vedette entre un chanteur blond et un chanteur brun. En bleu ciel ou en rose, elle est d'une beauté inédite. Un jour sur deux, c'est à moi d'ouvrir le spectacle. Christophe, lui, a peur de la foule. Sous le fard, son visage est en panique. Dans sa veste en satin, pétrifié par le trac, il refuse l'alternance. Il se pointe en faisant mine de lustrer ses bottes sur ses jeans. J'essaye de le convaincre de passer après moi. En vain.

– T'es fou, t'es fou, Hervé... Laisse-moi débuter le spectacle... Laisse-moi où je suis. Après, je t'invite à dîner chez l'Italien si tu veux...Tu connais Zarathoustra? Tu connais? On ira voir la gare de Perpignan aussi, Salvador Dali, tu connais?

La foule hurle. Le quadrille des pompiers s'élance déjà pour réanimer au bouche-à-bouche les premières évanouies. Christophe frotte ses bottes, nerveux.

-Allez, laisse-moi passer maintenant, sinon je tiendrai pas, je vais me sauver.

Avec son trait de crayon violet autour des yeux, c'est un fakir, il sort une pièce de monnaie pour me rouler dans la farine.

– Face, c'est toi qui passes en premier. Pile, c'est moi.

Hop, la pièce virevolte et retombe chaque fois côté pile sur son poing. Christophe est magicien. Qu'il monte en scène, qu'il fasse comme il voudra. Quand il chante ses *Marionnettes*, je ne me sens plus si bon que ça. J'entendrai le public à l'unisson avec lui. J'attendrai qu'il se donne dans un blues. J'entendrai crier Mi-chè-le, Mi-chè-le, après *La Grande Chanson*, quatrième au concours Eurovision 66. Et j'attendrai mon tour après l'entracte. Moi, ma folie n'emmerde personne. Sous la toile de tente plantée trop bas, on sue. Fait chaud. Fait moite.

Au matin, dans les quotidiens régionaux, la critique évoque nos performances. Certains nous assassinent, on se venge en repérant leur signature, trois pages plus loin, à la rubrique des chiens écrasés. La gloire a beau nous endurcir, c'est navrant de lire dans *Le Courrier d'Agen* : « Trois idoles débutantes ont brisé les oreilles du public à la foire du pruneau. » On n'a même pas le temps de savourer les produits du terroir. Christophe est amoureux de sa Jaguar type E… et de Michèle. Depuis La Baule, ils mènent leur vie.

J'ai renvoyé mon chauffeur d'occasion. J'en ai trouvé un autre, mieux. Moi, je suis amoureux du frère du blond. En secret. Au volant de ma Ford Mustang, Alain fonce sur la RN7 à 150 kilomètres-heure. Torse nu, imberbe, ses boucles au vent. Alain frime, libre, solitaire. Sans lui, comment aurais-je traversé l'été, moi qui ne sais même pas ouvrir le capot d'une bagnole !

– Lève le pied, je lui dis, on va finir dans un platane. J'aurai vingt ans après minuit.

Les camping-cars des vacanciers encombrent la nationale. Deux jeunes mecs, fous, en décapotable noire, intérieur cuir, ça énerve les gueulards. Alain, hurlant, passe en force.

– Vivement la Côte d'Azur qu'on entende les cigales ! lance-t-il.

– Vivement 67, que l'autoroute aille jusqu'à Nice ! J'espère qu'on ne restera pas bloqué trois plombes à Aix-en-Provence.

Alain pousse les pare-chocs, concentré, sa langue mouille sa lèvre supérieure, il grimpe les trottoirs et trace. Je me cramponne.

Alain, c'est James Dean.

Il a l'affaire en main

– Mais non, mon poulain... Le pire, ce sera d'entendre brailler les mômes dans les couloirs de l'hôtel à 7 heures du matin. Les bidochons iront à la plage quand on rentrera de boîte de nuit. Vingt ans, ça se fête toute l'année. Tu vas voir. Allez, mon poulain, reglisse-moi Polnareff dans le musicassette.

Love me, please love me
Je suis fou de vous ouh ouh ouh
Pourquoi prenez-vous tant de plaisir
À me faire souffrir

Cette chanson est pour nous. Pour moi plus que pour lui. Polnareff a le tube de l'été 66 et du génie.

Revoir Cannes le cœur en feu. Alain se gare en Fangio, l'œil fendu sous sa mèche blonde. Résidence Miramar : matinées de plomb. Soleil : insolation. Abus de Gin tonics : crise de foie. À la sortie des théâtres en plein air, Alain se précipite, son corps est mon armure contre les fans. Faut le voir m'emporter en jouant des coudes. La nuit, nous dansons le jerk pieds nus dans les vagues jusqu'à la fermeture de la Siesta.

Cette année, la *Jeanne* restera sur ses cales. L'émission de Radio Monte-Carlo est transmise en direct du Palm-Beach. Je suis l'invité vedette du jour. Derrière les barrières, la foule scande mon nom. Mario est débordé, ses cheveux grisonnent. Je dors debout. Michel Breton me sert contre lui. Moulé dans son 501, Alain m'encourage comme un manager professionnel.

– Vas-y. T'es le meilleur, mon poulain.

Cannes et l'été, c'est pareil. Nous mangeons des pâtes au pistou. Suzanne et Louis s'aiment sous le regard d'aigle d'Aragon. Le poète aux yeux clairs raconte qu'il nous a vus chanter devant cent mille personnes pour la fête du Parti communiste à Gemenos.

– Le succès de Michèle, de Christophe et d'Hervé est historique, rétorque Breton – qui couvre la tournée pour *Nice-Matin*.

Exagérer, c'est son métier. On n'est pas les Beatles. Le grand Louis Aragon ôte son feutre pour nous rejoindre au micro d'André Asseo. De sa voix rauque, il salue la fougue de la jeunesse. Alain vient vers nous. En le voyant, le grand Louis me pince la joue : « Et toi, tu l'aimes. » C'est vrai. Je suis amoureux de ce gars blond, sec et nerveux. Les yeux d'un poète voient tout de suite la vérité.

C'est ainsi que les hommes vivent
Et leurs baisers au loin les suivent

Comment une bande de teenagers peut-elle réussir à nous poursuivre partout, en stop, à mobylette, en bagnole, avec nos noms brodés sur le jean, décalcomaniés sur les joues, sur les biceps, sans jamais cesser d'agiter leurs banderoles. Le cœur des fans ne bat plus, il explose.

Pour se glisser en fraude dans les coulisses, les nouveaux copains de la tournée ont pris des noms de code : Jenny, Jack, Gruny, Irina, Claudie… Eux font désormais parti du clan. En revanche, les despotes de la frime, les fausses Catherine Deneuve, les hirondelles de boîte de nuit qui filent sans payer l'addition ne sont pas les bienvenus. Le clan Bevilacqua veille au grain. Après deux heures de sommeil, nous quittons la Côte d'Azur.

– Dis, t'endors pas au volant.

– Dis, tu me prends pour un branque ?

Aux arènes de Nîmes, la ferveur du public n'est jamais retombée. Christophe est sorti de scène en vainqueur. Michèle avait le feu sous la peau. On m'a porté en triomphe comme un gladiateur. De force, Alain m'entraîne jusqu'au toril, une bande de snobs sur les talons. Il me frotte de la tête aux pieds avant de m'enrouler dans une serviette éponge. Un snobinard en mocassins fait la moue.

– Quelle puanteur, combien gagnez-vous pour faire ça ?

– De l'amour et de l'amitié.

– Réponds pas, me fait Alain. Tu vois pas qu'ils se foutent de notre gueule.

– Ça pue la chanson française ici, vive les Kings, vive les Who !

Alain n'a qu'à siffler dans ses doigts pour que tout son clan rapplique à la baston...

– Casse-toi, petit bourge...

– Tu sens l'ail.

On s'en donne à cœur joie, soulevant la poussière des arènes, coups de tête, coups de poing, coups de pompe. L'arcade en sang, le minet a perdu sa Weston. Un fan des Who pleure sa chemise Oxford en lambeaux.

– Boudi, boudi... jubile Michèle.

Les Bevilacqua ont mis en fuite la bande du drugstore des Champs-Élysées, ces tocards ont décampé par-dessus les barrières. Alain, c'est mon matador. Les journées filent dans un rire. Sur le port de Sète, la fête des cheminots bat son plein dans les grillades d'anchois. Toute neuve, Mireille Mathieu étire ses quatre chansons comme si elle en chantait douze. J'attends – je vais encore passer à pas d'heure. Après, il faudra foncer à l'autre bout de l'Hexagone. Mais cinq cents bornes dans la nuit, avec Alain, c'est mieux qu'un triomphe. Les phares des voitures cisèlent son visage avant de le replonger dans le noir. À Dax, cernés par une meute, on entre dans le hall du quatre-étoiles en décapotable ! Sous le cagnard, Christophe nous retrouve au bord de la piscine. Il veut de la pureté, partout.

– L'eau et l'air doivent rester limpides. Ainsi parlait Zarathoustra.

C'est ça, fakir.

Raté, raté Bordeaux pour moi ! Le talent n'est pas mon ami tous les jours. Je n'aime pas voir ces villas mortes après le 15 août, l'intérieur des terres ensuqué. Je hais les chapiteaux dans la boue, le tambour des premières pluies sur la bâche. Nous traversons les vignobles bourguignons sous l'orage. Dans la Mustang embuée, Alain me parle de son avenir en

Espagne. Quel avenir, quelle Espagne, bordel ? On n'est pas bien tous les deux ? L'eau déferle sur le pare-brise. Je souffre d'un mal inconnu. Alain ne compte pas s'éterniser dans le milieu de son grand frère. L'argent l'intéresse, mais la fortune l'effraye : « Tu vois, je veux rester au contact des petites gens, enfin, je veux dire, des gens normaux. » Et moi, je suis normal ? Moi aussi je suis comme tout le monde. Je trouverais tellement naturel que tu m'aimes. Des papillons battent des ailes dans mes yeux. Une fille l'attend, à Juvisy.

– Embrasse-moi.

– Arrête, mon poulain... Fais-toi qui tu veux, regarde, t'as jamais été si beau.

Près de Cavaillon, ou Cavalaire, ou Carcassone, au bout d'un chemin, dans l'argile sèche et blanche, on s'arrête pour se baigner dans le Rhône ou l'Aude.

– L'eau est froide. Si je plongeais au fond, pour que tu me repêches mort, peut-être que tu m'aimerais...

Couché, doré sur les galets, Alain lève les yeux de son magazine.

– Dis, tu trouves pas que Polnareff ressemble à Françoise Sagan ?

Les pneus crissent dans les virages en épingle. Nous prenons de l'altitude. En montagne, j'ai la frousse et le vertige. Michèle aussi. Elle est arrivée par le train, pourtant elle pleure. Christophe a disparu. Il aura confondu Villard-sur-Thône et Villard-Notre-Dame. Ce soir, les Savoyards m'auront entendu chanter *Aline*, comme j'ai pu. Finalement, on a retrouvé Christophe au fond d'un bar de l'Alpe-d'Huez, hagard, devant un verre d'eau.

– Écoute, écoute, l'air pur, il me fait. Prête-moi ta Mustang.

– Mais pour quoi faire ?

– T'es fou, t'es fou. Envie de rouler seul. Prête-moi ta Mustang. Si mon frère, c'est ton frère, on peut bien partager ta voiture. Prenez la type E. À demain.

Nous repartons, groggy, enveloppés par les brouillards de la montagne. Christophe a filé sans Michèle en pleine nuit. L'été ne nous aura offert que des amours éphémères.

À Thonon-les-Bains, sur le parking de l'usine Zig-Zag, le public qui patiente devant les caisses tente de deviner ce que peuvent bien se raconter trois idoles fatiguées sur le capot étincelant de leurs voitures. Lederman chasse les resquilleurs.

Sous le chapiteau vide, une voix s'élève, on croirait celle d'Aretha Franklin : *I Can't Get No Satisfaction*... C'est Nicole, ma copine, que je n'ai pas revue depuis le temps où je draguais à Saint-Germain-des-Prés. Garçon manqué, forte poitrine, courte sur pattes, insolente, sensuelle, elle caresse le micro. *So good, so good, I got you*... Elle envoie sa voix de négresse blanche sur les standards de Wilson Pickett, de Ray Charles. Le sonorisateur en reste cloué à sa console.

– J'ai fait ma valise. Emmenez-moi avec vous. Je veux monter à Paris. En attendant ma chance, je vais commencer par me taper les plus beaux mecs de Paname.

On l'appelle Nicole, Nicolette, Nicoletta. Elle n'a pas froid aux yeux et balance le blues comme personne, les strass collés au Levi Strauss. Le clan des Bevilacqua l'a adoptée.

C'est ma copine. Nicole aime se rendre utile et repasse les pantalons.

De ville en ville, on part comme on se sauve. Nicole me rend du fric oublié au fond de mes poches. Triste cité, Châteauroux. Grâce à de Gaulle, la France sort de l'OTAN, nous dévalisons les stocks de fringues laissés par les Américains. Dans toutes les rues, les fans continuent de nous poursuivre avec nos tronches sur leurs banderoles. Angoulême, encore une ville morte. À l'hôtel de Madame Royale, le clan a foutu la révolution et promet des surprises pour la finale en Avignon.

Alain et moi, on ne se quitte pas, je me couche et me réveille avec lui, même si un couloir nous sépare. Une nuit j'ai rêvé qu'il était là, je lui ai pris ce qu'il ne veut pas me donner. Je l'ai eu, en rêve. Dormir ne compte pas. Le matin, je l'ai retrouvé en bas, devant son café. J'ai regardé sa nuque, le plus longtemps possible. Ses pieds nus dans les espadrilles. Juste au-dessus de la couture de son tee-shirt, j'ai touché sa vertèbre du bout des doigts. Il s'est braqué avant de retirer ma main. J'ai souri. Je me le suis donné à moi-même.

J'ai eu sa peau dans mes bras. Je suis capable d'aimer quelqu'un.

Dans sa chambre, il a fait voler trois baskets vers son sac de sport. Nous échangeons nos adresses, sur un sous-verre, sans un mot. Je l'aime comme ça, avec son refus, ses mâchoires un peu serrées. Ses élans vers moi, brefs. Et la méfiance avec laquelle il me guette. Dernier goudron de route dans la chaleur tremblée. Nous n'écoutons plus Polnareff, et Nicolette se tait.

Ce soir, pas besoin d'inventer un décor, la dernière se donne devant le palais des Papes. C'est grandiose, l'écho nous donne la chair de poule. L'ombre des flèches m'égratigne le cœur. Lederman sabre le champagne, c'est carnaval. Le clan va prendre la scène d'assaut. Gruny en tutu exhibe ses muscles noueux. Claudie change de visage sous un loup vénitien. Jack est drapé en grec.

– Divine légèreté de la jeunesse, s'écrie le directeur des tréteaux. D'où vous vient cette idée folle de faire des blagues pour le dernier récital d'une tournée !

Enfant du pays et reine de Provence, Michèle Torr a mal choisi son jour pour interpréter *L'Hymne à l'amour*. Irina, son habilleuse, lit dans ses yeux qu'elle en bave. Les Bevilacqua font des ravages. Pour moi, la blague est toute trouvée. Enfin, Christophe accepte de me laisser entrer en scène le premier. L'orchestre démarre rock, trop rock. Je feins la décontraction. Je frime du haut de mon mètre soixante-cinq.

– On se connaît. Alors quoi ! Avignonnaises, Avignonnais, je voulais vous dire…

Les musiciens me cassent en se lançant sur ma voix. Derrière, le clan se gondole. Je chante :

J'ai envie de vivre avec toi.

Le clan répond :

Dans les cabinets.

Je poursuis :

Fais-la rire, fais-la rire
Pour elle tout peut recommencer

En chœur :

Dans les cabinets.

Les fans rient, les fans pleurent, les choristes attaquent le troisième refrain.

Fais-la jouir
Fais-la jouir
Fais-la…
Pour elle, tout peut…

Le clan s'est faufilé sur la scène. Salopards. Saboteurs, parasites ! Capri, cui cui cui… Bonsoir Avignon. Tout Michèle Torr durant, ils ont fait la roue, du trapèze, de tout.

L'enfant du pays s'est agenouillée pour dire merci. Sans entracte, les chœurs ont repris le répertoire de Christophe. *Les Marionnettes*… Grosse quéquette. Et pour *Aline*… Grosse… Pauvre Christophe, assis près de son âme. Ballons, confettis. Le public magique applaudit quand même. D'un coup, le noir tombe et nous avale. Ces adieux qui n'en finissent pas. Ces baisers perdus. Ce matériel plié dans les camions. Alain et moi ne rentrerons pas ensemble. Il remonte la Mustang à Paris. Je descends à Nice, pour une télé avec « Âge tendre et tête de bois ».

Une dernière fois, je vois rouler son épaule avant qu'il ne disparaisse dans la voiture.

À Nice, dans le hall de l'aéroport, les chanteurs vont par deux, soudés à leur attachée de presse. Les couples se saluent d'une main molle. Pour la première fois depuis la naissance de la télévision, une émission est retransmise en direct du ciel, depuis une Caravelle. Polnareff, à deux pas de moi, ne voit rien. Même numéro un, il a l'air d'un piaf, sans personne pour l'accompagner. Je voudrais l'approcher, lui dire : «Je t'admire», mais les solitaires m'impressionnent davantage que les monstres sacrés.

Sur la piste qui longe la mer, en minijupe de cuir blanc, Dalida chante et danse *Zorba le Grec*, au centre d'un losange de danseurs.

– Regarde-moi celle-là. À quarante piges, elle se prend pour une minette, ironise l'attachée de presse d'Hugues Aufray.

– Ne dites pas de mal de ma marraine. Quand vous aurez des cuisses pareilles, vous pourrez les montrer.

Polnareff m'a entendu et vient me serrer la main.

Par le hublot, je vois Dalida courir vers la passerelle. Les réacteurs lui tordent les cheveux. Ébouriffée, un imper mastic sur les épaules, elle se jette à mon cou.

– Je peux voyager avec toi ?

Sa bise fleurie claque sur ma tempe. Nous décollons au Mouton-Rothschild.

– Alors, ta tournée ? Il paraît que vous avez été extraordinaires. Tu t'es fait des copains ?

– Tu sais, Dali, cette grosse femme derrière nous, c'est une vipère…

– Elle ne m'aime pas, je sais. Nous avons travaillé ensemble. Qu'est-ce que tu veux… Dis-moi, toi, tu chantes quel titre ?

– *Pedro*. Une chanson mal finie.

– Moi non plus, je n'arrive à rien.

Debout dans les trous d'air, Richard Anthony tient bon en interprétant sa version du *Concerto d'Aranjuez*.

« Nous allons traverser une zone de turbulence, nous vous prions de bien vouloir attacher vos ceintures. » Dans la carlingue, des dizaines de clics paniqués couvrent la voix de l'animateur. Il me propose de chanter debout, couché, juché sur le chariot des hôtesses. La bande-son tressaute, j'ai oublié les paroles de *Pedro*. Devant moi, le cameraman, déchaîné, se jette par terre pour un plan en contre-plongée. Sur l'écran de contrôle, je vois mon triple menton.

Dix vedettes ont défilé dans les nuages, chancelantes et nauséeuses, mais Dalida et moi sommes heureux de nos retrouvailles. Le générique de fin attrape nos visages. Si je la serre dans mes bras, on dira que j'en fais trop. Alors je reste la tête sur son épaule.

– J'ai un vol pour Rome dans une heure. J'espère qu'on sera moins secoué. Voyons-nous bientôt.

Dalida se sauve, en transit, et moi vers la sortie. Alain a dû rentrer la Mustang au garage. Orly, ses sas, ses portes de verre, je voudrais les exploser.

Je me lève quand la journée s'achève, au moment où les marteaux-piqueurs se taisent. Rue Constance, je ne suis plus seul. Désormais, moi aussi, j'ai un clan. Jenny débarque la première, ses petits seins moulés dans une robe translucide. Le froid s'engouffre avec elle. Dès qu'elle roule un joint de ses doigts experts d'esthéticienne, son sourire disparaît, comme celui de ma mère devant un verre plein.

– Ta mère picole. Et alors, laisse-la vivre ! Vivi est trop sympa. Si tu connaissais mes vieux !

En vérité, Jenny s'appelle Josette. Patrick est acteur, il joue dans *What a Flash*, le film underground dont tout le monde parle. Il est si beau que ça suffit. Pour en tirer un mot, il faut évoquer l'Actor's Studio, *Les Cahiers du Cinéma* ou Nathalie Wood. Quant à Nicole, elle a enfin tranché : elle s'appellera Nicoletta. Pour Barclay, elle va enregistrer *L'Homme à la moto*, version rock. Les voisins n'en peuvent plus de l'aigle sur le dos et du passage à niveau. Et puis, il y a Claudie. Taille mannequin, la pommette haute, la voix sourde. Son intelligence me rassure. C'est elle que je sors à mon bras.

Mes copains sont ma vie. Personne ne les connaît encore et je les envie. Moi, dire cent fois bonjour, sourire, être lorgné, avoir une bonne tête, ça finit par m'effriter. Heureusement le gin rassérène, l'alcool ne rend pas plus léger, au contraire, il vous leste. Gruny, notre barman maison, se prend pour Jacques Dutronc. Quand il ne chevauche pas une fille, il ne dit pas non à prendre une douche avec moi. Croyez-vous que je sois jaloux ? Pas du tout. Nicole-Nicoletta, Jenny, Patrick, Claudie, on adore Gruny, sauf quand il nous ramène des blousons noirs à la gueule raide et aux mains sournoises. Même en tirant sur le joint, Claudie garde son œil de lynx et repère les tireurs de portefeuilles. Qu'est-ce qu'on pourrait voler chez moi ? La meilleure chaîne hi-fi de la rive droite. Je me pique de débauche avec les étudiants, les écorchés, les maquereaux et les putes. La nuit, on se parle dans le blanc des yeux, on vit dix vies parmi les boit-sans-soif. Je n'en dis rien aux copains, mais je me demande comment on peut vouloir une place au soleil sans jamais voir le jour se lever ?

Mon joli bateau, composé à Capri, prend l'eau. Bide. Normal, au hit, un titre sur deux vient de la perfide Albion. Alors j'ai embauché un manager de vingt-cinq ans, aux idées neuves : Gérald Larteau. Il a filé organiser ma tournée sud-américaine.

Jusqu'à la place du Tertre, on chante les Beatles et Bob Dylan. Maman et Lucienne Boyer, inséparables, haussent les épaules sans rien entendre, elles repassent leurs souvenirs à l'apéro. Vivi s'affiche avec sa nouvelle copine, Lucienne, Lulu, star d'avant-guerre, que tout le monde appelle encore la dame en bleue. Au zinc, elle balance son éternel *Parlez-moi d'amour* en échange d'un Pernod sec. Sa voix spectrale éclaire la mémoire de ma mère. Toutes les deux ont les yeux gris, avec un trait de vin sur le museau. « T'es mon fils préféré », glapit maman en m'attrapant les mains. Entre ses ballons et sa Lulu, elle n'a plus besoin de rien. Bien que le docteur Kelling lève les yeux au ciel, je refuse de m'inquiéter. Pimpante, Vivi est en train de devenir la mascotte de la bande ; Michou l'adore ; dans son cabaret désert de la rue des Martyrs, elle est chez elle. À nous tous, on s'est fait un nid, bien chaud, mais 67 s'annonce frisquet.

Pour échapper à la vaisselle, on bouffe les raviolis à même la boîte. Claudie est une perle, une vraie fée du logis. Le bonheur est dans les détails. Je peux partir tranquille chanter derrière le rideau de fer. Fini le hit, les contrats ne tombent plus, un impresario yougoslave m'a proposé de me payer en caviar. Va pour le caviar. On ne roule pas sur l'or, je suis toujours mineur. Au retour, je pourrai nourrir les copains à la petite cuillère.

À Prague, à Varsovie, c'est toujours la même interview. Les gens n'existent qu'en deux modèles, ceux qui portent un complet sombre avec de grosses lunettes, et les autres, masse terne, dans des parkas délavées. La foule lente autour des tramways est si compacte qu'on ne distingue aucun visage. Je la scrute. Leurs yeux sont forts et brillants de froid. Tout est éteint, jaunâtre, sauf les bulbes d'or au sommet des églises. J'aurais bien donné mon jean à ce garçon en galoche qui me l'a réclamé. Mais je n'en ai qu'un évidemment !

– De toute façon, il est interdit de troquer quoi que ce soit.

Mon aimable interprète renifle.

– Vous ne voulez pas mon paquet de mouchoirs en papier ?

– Pour quoi faire ?

– Vous vous mouchez, et après vous les jetez.

– On ne vit pas ainsi de ce côté-ci du mur.

À l'aube, pas besoin de gymnastique, l'exercice idéal, c'est de déjouer la surveillance de la sécurité pour aller piquer une tête en ville. Le fleuve fume. On ne va jamais bien loin, la liberté n'est pas plus longue qu'une laisse, hop, un premier sbire au coin de la rue, hop, le deuxième traverse le goudron défoncé du carrefour, et revoilà le troisième devant la vitrine de jeux d'échecs. Le filet des mouchards se reforme autour du promeneur étranger. Dans tout Varsovie, tout Prague, pas moyen de trouver une carte postale.

– Il n'y en a pas, finit par me lâcher l'interprète, excédée. Vous n'avez qu'à prendre le papier à en-tête de votre hôtel.

Partout, c'est intrigant, bizarre. Un autre espace-temps qui prend aux tripes. À l'hôtel, mes musiciens tapent le carton, en attendant nos rations de borchtch.

– Quoi, ça ne vous plaît pas, l'Est ?

Au moins, on répète mon tour de chant en espagnol. Bientôt, je vais sauter par-dessus l'océan jusqu'en Amérique latine. Tous les jours, de 14 h 30 à 16 h 30 précises, je m'ibérise dans une salle pas chauffée. Sans prévenir, j'ajoute *Le Déserteur* à mon répertoire. Une coupure de courant a plombé Boris Vian au beau milieu de la chanson. L'auditoire n'a pas bronché.

Évidemment, la place Rouge est blanche. Il neige. Des babouchkas fracassent la glace des trottoirs, à petits coups de pieux. Elles me sourient, sans dents. Moscou donne envie de hurler, à cause du ciel, énorme, bas, plein de cendres avec des lueurs de lait. Les arbres se meurent sous les pylônes des avenues staliniennes. Mon public moscovite n'a rien de populaire ; trié sur le volet, il ne chante pas. Dans la salle, les femmes luisent de rouge à lèvres, et les hommes, de galons mordorés. Vingt rangs d'Armée rouge ont entendu *Le Déserteur*. L'attaché culturel soviétique n'a pas apprécié.

Après le spectacle, au cercle littéraire, les invités recouvrent la joie slave. Des écrivains choyés contemplent leurs œuvres sur les étagères bien cirées. Pour éviter l'embrouille diplomatique, j'ai fermé ma gueule en cherchant mes boulettes au fond de l'assiette à soupe. *Le Déserteur* ne passera pas deux fois, c'est promis, kamarades. Une fois dehors, tête nue, le froid a frappé mon front, comme une hache. À l'Est, le temps ne passe pas. Il existe des communistes vêtus de tissus soyeux, je ne le savais pas. L'avion ne nous ramène pas à Paris, on va passer par Alger. L'impresario insiste.

– C'est des amis là-bas. Boumédiène est communiste, kapish ? Spassiba ! Là-bas, je peux t'avoir des tapis, du cuir ? Ou des revolvers. C'est bien, les revolvers !

Vivre en couple, c'est formidable. Claudie s'est installée chez moi. On reçoit, on fait des plans de table, on pose des tartes aux pommes sous les chandeliers. J'aime que chaque chose ait sa place. Les copains auront bientôt tous leur rond de serviette. Je me berce d'habitude. L'ambassade russe a fait livrer le caviar. On boit du rouge, du cher. Claudie, le joint au bec, court passer ses nuits à la cinémathèque.

– Si on se faisait une toile. Il paraît que le nouveau Godard est pas mal…

– Ah non, je t'en supplie, pas Godard !

– Hervé, viens, on va aux puces.

– Pour quoi faire ? Faut juste virer tous ces meubles et repeindre en blanc.

– Et tu diras quoi à la proprio ?

Rien, on foutra tout ça à la cave.

Ce serait le bonheur, si mon foutu directeur artistique de chez Philips, ne s'était pas mis en tête de me faire enregistrer *Les Roses blanches*, ce mélo des années 20, avec une chorale d'orphelins. « Ça va te permettre de remonter la pente », qu'il me dit. Jamais je ne chanterai cette chanson. Jamais.

Moi, j'écoute de la pop en cherchant l'Amérique du Sud sur un atlas.

[illegible]

Santiago du Chili. Midi. Un carnaval de fan-club latino m'engloutit sous les banderoles. Place de la Moneda, on crie : « *Benvenido el Francès !* » José Jota, l'impresario argentin, me presse de lever les bras au ciel depuis le balcon de l'hôtel Carera.

– *Como el présidente !*

Je suis pas de Gaulle.

Derrière moi, les femmes de chambre battent des mains, les flics me ventilent de leurs casquettes. Devant le palais présidentiel, des centaines de lycéens en tablier blanc hurlent : « *Viva el diablito de Paris !* » Mon accent français les électrise. Chanter dans un stade, un ovale de béton, me perfuse du sang neuf.

Cette nuit, la terre a tremblé à minuit, minuit dix et une heure quarante. Le lustre commence par grelotter, puis il se balance au plafond. Je me suis précipité dans le corridor. Le veilleur de nuit m'a conseillé de me tenir près de la cage d'ascenseur. Dans l'escalier, les flics se sont jeté à genoux pour prier la vierge du Carmel. La terre tremble aussi, à Valparaiso ?

– On ne va pas tout à fait à Valparaiso, juste en face, à Vigna del Mar.

– D'accord. À condition de ne pas me faire payer à coups de pistoleros.

– T'inquiète, y a pas plus smart.

Au bout de la piste en terre battue, une gigantesque machine perce une autoroute, sous surveillance militaire. Des paysans dévalent des talus pour nous proposer du jus de goyave moyennant quelques pesos. Au casino, je chante en castellano pour des gens friqués. On n'en revient pas de me voir en chair et en os, on me palpe, on m'aime. On pleure. Dans le cercle de la baie scintillent des milliards de lueurs. Elles sont ma destinée. Gérald n'a de cesse de me retenir dans ce casino ; moi, je ne pense qu'à me perdre dans Valparaiso.

À cinq ans, les mômes fouillent déjà les poubelles du port. Au Chili, on naît et on meurt en masse. Dans un bar en planches, un marin de Toulon me jure que les travelos de Valparaiso sont les plus belles filles du monde. Celle qui ondule sur le trottoir semble moulée dans une robe cousue à même le corps. Comment ce costaud s'y prend-il pour l'ôter et donner du plaisir aux matelots à quai ? L'ascenseur Spiritus Sanctus file jusqu'aux belvédères. De là-haut, Valparaiso, c'est la lune. Gris, argent et noir, avec la poussière des taudis. J'ai couru les quartiers des collines, je n'ai pas rencontré Pablo Neruda.

Buenos Aires sent la viande. Je chante trois semaines à l'Opéra des Variétés. Sur l'avenue Corientes, les cinémas-cathédrales, les bouquinistes en plein air, les disquaires ne ferment jamais. Buenos Aires est insomniaque. Le premier dancing ouvre à onze heures. Du fond des faubourgs, de toutes les provinces, on vient pour m'entendre. Ne dites pas à une Porténienne que vous ne savez pas qui est Carlos Gardel, vous blesseriez son âme. Le lien entre les Argentins et la France est charnel. On me salue, on me flaire au coin des rues. D'où tu viens ? Français ? Français ? Vingt fois par jour, la télévision diffuse le refrain de *Capri*, sponsorisé par une marque de dentifrice. Sur l'écran, je suis jeune, brun et français avec des dents d'émail. Cette ville prohibe l'ennui. Le dimanche, jour de relâche, je me casse du beau quartier de l'Alvear Palace dans un autobus bariolé, surchargé de *Porteños*. Le moteur crache ses poumons par les minuscules cheminées du toit. On s'écrase contre des barres chromées. Je vais rejoindre mon plus grand admirateur, Leonardo Favio, chanteur, écrivain, cinéaste. Sa mère, Pilar, femme fière, me reçoit avec l'*assado criolo*, le repas du repos. À Suarez y Necochea, dans le faubourg de la Boca, le tango est encore érotique et maudit. Je m'initie sous les tôles ondulées d'un dancing. Le bandonéon expire *El Cambalache*. Quand Pilar cesse de danser avec son fils Leonardo, elle empoigne son petit-fils Martin, le plaque sur son giron et lui enseigne la *mujer*. Quand Martin saura l'art du tango, il aura le droit de danser avec sa mère. Ensuite seulement, il pourra inviter les filles. Pour l'instant, il gémit d'impatience. Le tango est une triste pensée dansée.

– Nous sommes graves et nous aimons ça, me répète Leornardo. Nous avons le Che au cœur, pas dans la tête.

Cette nuit, les chars ont défilé avenue Santa Fe. Les colonnes font vibrer le sol comme si la terre recommençait à trembler. J'ai cru que j'étais foutu, sans passeport, prisonnier de ma loge de velours mauve.

– Ne crains rien, m'a dit Leonardo en se resservant du vin de Mandoza. C'est de l'esbroufe, un général en défie un autre, celui qui a le plus de blindés vaincra. C'est ça l'*Argentina*, *amigo*. À Buenos Aires, le vent tourne plusieurs fois par jour.

Lima. Je n'entends parler qu'allemand. Je chante pour d'anciens nazis planqués dans un cabaret à pom-pom. Les Teutons pères & fils soupirent derrière les spirales des havanes. Cette clique mène grand train. Leurs gardes du corps, l'œil fou d'alcool de cactus, m'ont raccompagné jusqu'à mon lit.

Au moment d'atterrir à Quito, tu trembles, tu pries, tu fais ton signe de croix, le Boeing pique entre deux montagnes, si proches qu'on s'y voit mourir. À terre, le soleil d'altitude te casse la tête, l'asphalte est mou, il faut marcher dans l'ombre des grands arbres secs. Sous son chapeau de palmes, le petit Indien vendeur de journaux crie un nom qui me fait sursauter.

– Dalida s'est suicidée.

Je lui arrache le journal des mains. Il me demande si j'en veux deux. Je lui laisse mon billet. Le soleil tape. Je lis mal, la sueur dans les yeux. Je cherche le mot « *muerte* » dans les lignes d'encre grasse. J'en ai plein les doigts, du jus noir des nouvelles. Dalida. Elle n'est pas morte, juste au bord. L'histoire est longue, elle a voulu rejoindre son amour. Luigi Tanco s'est tué, brisé par son échec au festival de la chanson à San Remo. Elle a fait ça dans un hôtel parisien. Je ressens une fatigue, la détresse tout à coup.

À l'hôtel, le téléphone grésille, coupe, grésille. Sonne, putain, sonne au bout du monde ! On ne répond pas chez Dali, rue d'Orchamps. Chez moi non plus. Claudie, où es-tu ? Maman, pas là. Quelle heure est-il à Paris ? Paname me manque, le gris, les Simca

1000, les platanes humides du boulevard Pigalle. La noce, les boîtes. Dali. Jenny. Claudie, Vivi.

Au Palace, Larteau me dit : « *The show must go.on.* » Tu me les brises, *the show must go merde*. Je ne veux plus voyager, Gérald, je ne veux plus, je suis paumé.

Pour elle, je me signe avant de monter en scène, pour ma marraine, je vois ses cheveux, ses ongles vernis, j'entends tinter ses bracelets. Le soleil est tout rond, tout blanc. Il y a des singes plein les arbres, par centaines, ce ne sont pas des singes, mais des Indiens, agiles, minces comme des fils.

Je me souviens de son hurlement. D'un appel en pleine nuit. Qu'est-ce que tu veux, Dali, oh, mais qu'est-ce que tu as ? Un sale type lui manquait. Je ne comprenais presque aucun de ses mots, déformés par les pleurs et les hoquets. Le lendemain, elle se tenait droite dans sa robe blanche. Quand j'étais petit, je t'ai écrit, tu sais. Je t'aime. Mon affection ne sert à rien. Se tuer, c'est pire que mourir

– Je veux rentrer chez moi, Gérald, je veux rentrer chez moi.

– Non, non. On part pour Bogotá.

C'est blanc, fin comme une tige de sucre. C'est fort. Ça te retape et tu souris. Tu renifles un bon coup, et tu repars. Après, je sors en ville comme un conquistador.

Sur le trottoir devant mon hôtel, un mulâtre crache placidement en se grattant les couilles.

– Je m'appelle Carlos.

Je ne veux pas me moquer de ce petit homme, je veux juste m'en débarrasser.

– Ici tout le monde s'appelle Carlos !

Dans *El Tiempo*, aucune nouvelle de ma marraine, seulement des *chicas* à poil en première page. Ici, des gamines de quinze ans mendient dans les caniveaux avec trois mioches sous les bras. Pour mon dernier gala, on me dit :

– Faut le dédier aux enfants brûlés.

– Ah bon, pourquoi ?

À Bogotá, les femmes laissent leurs gosses enfermés dans les cabanes en planches où brûle une chandelle collée par quelques gouttes de cire. Un souffle, un geste, tout flambe, il en meurt des dizaines, tous les jours. Pour les enfants brûlés, d'accord. Bogotá, faudrait la fuir. Carlos me suit partout, l'œil suppliant pour que je ne le chasse pas, un sourire de miracle au coin des lèvres. Dans les coulisses du théâtre rococo, il tape le plat de son ventre pour montrer qu'il a faim.

– Le guide de l'artiste international, c'est moi ! Les filles, c'est moi ! Les émeraudes, la marijuana, à Bogotá, c'est moi !

Quand je crie « Carlito », il répond en bondissant : « *Si Señor !* »

Nul ne l'a questionné depuis longtemps, la rue n'est pas bavarde, faite de cris, de beignets volés et de nuits en carton. Moi, je veux savoir d'où il vient dans son short si usé qu'on dirait du papier.

– J'ai pas revu ma famille depuis vingt ans, et j'en ai trente. Je vais y retourner quand j'aurai des sous.

C'est fou, on lui donne seize ans. Un sac de peau avec deux yeux de charbon.

– Cali, c'est où, Carlito ?

– Dans la brousse, *señor*, à deux semaines de marche. Faut devenir riche si on veut revoir sa famille.

Je lui donne mes pesos, mes chemises dans lesquelles il flotte. À genoux, il les plie comme des reliques.

– Je les donnerai à mon père, un jour. *Gracias a Dios.*

– Carlito, ce n'est pas Dieu qui te les donne, c'est moi.

Dans les téléphones de bakélite, il y a tous les bruits de l'enfer.

– Quoi, Claudie, allô, oui, Claudie ! Dalida, t'as des nouvelles ?

– Elle est saine et sauve. Ne t'en fais pas. J'aimerais être près de toi.

– Sinon, ça va ?

– Ça roule, mais on se caille. J'ai tout changé dans l'appart. Tu verras. J'ai coupé mes cheveux aussi.

– T'as bien fait, Claudie. J'en peux plus. Après Mexico, je rentre. Embrasse maman pour moi.

– Elle est retournée en clinique, c'est là qu'elle est le mieux.

Six jours à moisir dans le luxe. En sous-sol, au club, une putain grasse se vautre sur les genoux d'un évêque. L'orchestre joue *La Cumbia*. Carlito rentre les épaules en se signant aux lèvres, effaré et honteux, il a vu le diable dans l'homme de Dieu. Après ce bastringue, Gérald m'offre cinq jours de farniente sur une plage de Cartagena.

– J'y vais pas, j'ai promis à Carlos de l'emmener voir ses parents à Cali.

– Où ça ?

– Cali, c'est dans la brousse.

– Hervé, t'es cinglé, il n'en est pas question. T'en reviendras les pieds devant, et on a encore du taf. Je t'ai décroché El Patio, à Mexico.

– Je vais où je veux, t'es pas mon patron.

Gérald est blême, sa voix chevrote.

– Écoute, Hervé, Gomez veut un show avec trente musiciens…

– C'est quoi, El Patio ? Et c'est qui, ce Gomez ?

– Gomez, là-bas, c'est Eddy Barclay. Le Patio, c'est le plus grand cabaret du monde. Le pied, c'est que tu vas devoir chanter avec des musiciens mexicains, en plus de ton orchestre.

Question de syndicats. Ils sont déjà partis là-bas répéter. On ne peut pas annuler Gomez.

– Des syndicats, et pourquoi pas la mafia ? Je n'irai pas.

– Hervé, tu deviens chiant !

Vamos à Carthagène, à Mexico ! Il transpire, Gérald, à grosses gouttes, sur la route trempée par l'averse tropicale. Carlos nous suit. Je ne peux rien pour lui. Putain de métier. Pourquoi Dieu me donne tout et rien aux autres ? Je vis par flashs, sans lendemain, des guirlandes d'heures avec des inconnus qui ne seront pas mes amis. Carlito va repartir avec ma liquette sur les os et une liasse de pesos pour nourrir les siens. Les étoiles brillent en plein jour, le soleil bave, les grains de sable sont d'énormes billes de nacre qui dégringolent avec un bruit de déluge, le Pacifique est une gaufrette bleue. Mes narines fument. J'en suis à mon dixième joint de marijuana locale.

– *Mucho gusto, señor Vilard. El idolo de la juventud* !

Un gros Don m'ouvre les bras.

– C'est lui, Gomez, me souffle Gérald.

– Je vois, merci bien.

Berline aux vitres fumées, on n'improvise pas avec Gomez. Ce caïd basané-gominé ajoute deux splendides valises à mes bagages pour relever mon standing aux yeux des journalistes.

– Je n'engage que des stars internationales.

– *Gracias señor Gomez. Soy muy feliz de venir en Mexico.*

– *Habla muy bien español, señor Vilard, muy bien.*

– J'aimerais sauter dans un taxi pour aller faire un tour.

Pas de tour. Fini le tourisme. J'ai le temps de prendre une douche avant la conférence de presse et le dernier show de Judy Garland. À El Patio, la tradition veut que le successeur de la star à l'affiche l'honore de sa présence le dernier soir. Tout l'honneur est pour moi. Mexico, c'est l'Amérique, à en juger par le luxe de ma suite. Encore faut-il éviter la vue de la terrasse. Tout le long du Passeo de la Reforma, c'est la misère.

Moi, successeur de la Garland à El Patio. Moi qui ne suis encore qu'un écolier du music-hall ? Je retombe dans la peur. Elle ne finira donc jamais. Cette fois, je ne m'en sortirai pas. J'arrive de trop loin. Je n'ai qu'un costume de satin blanc et même pas deux octaves. Ils vont me casser, je ne tiendrai jamais deux récitals par soir.

Elle apparaît, en robe rouge en haut des marches pailletées. Une petite femme plus très jeune, à la voix brisée. Son professionnalisme m'obsède, Judy Garland salue d'une main gantée devant trente musiciens en frac noir. Mexico se lève en liesse. Aïe, Aïe, Aïe ! Elle chante *Swanny*, tout le répertoire de ses comédies musicales, je le connais par cœur. La star, c'est un être qui est exactement comme tu le voulais. Je la vois. Elle connaît le secret de la renommée, celui de durer dans la mémoire du public. Chaque soir, depuis qu'elle est gosse, elle offre le même salut, paume ouverte, les doigts légèrement repliés, comme une petite fille. Les lumières en fond de scène s'éteignent. Ne reste qu'un X lumineux. Judy est encore plus petite et belle de près. Sobre, elle s'approche de mon fauteuil, fronce un peu ses lèvres usées et me dit « bonsoir » en français. Avant de me dédier *Over The Rainbow*. J'ai baisé la main de la plus grande star américaine.

Charbon de bois, cacahuètes grillées, encens et poussière. Tonnerre de cuivres, rivières de violons. El Patio est comble, des milliers de gens s'entassent pour m'entendre et pleurer sur *Capri se acabo*. Aïe, aïe aïïïe... *Viva Vilard, Viva Mexico!* Je ne tiens pas debout, je ne digère plus, je me damnerais pour un camembert-moutarde. Où es-tu Natacha, dans quelle contrée lèves-tu la jambe? Où êtes-vous, Leornardo, Chouffa, Brahim? Derrière les douzaines de roses, des moustaches, des chignons de jais, des dents en or. Les bouquets s'amoncellent, c'est pire qu'un enterrement. Dehors, la nuit tombe comme un caillou. Plaisirs, nationalisme, cabrón et pétarade, mais à Mexico, dans le silence des basiliques, chacun supplie la vierge de la Guadalupe.

– Monsieur Gomez, je reviendrai chanter pour les Jeux olympiques!

Gérald ne fait plus la gueule. Il est aux anges, j'ai signé sur un coin de table avec un stylo en or blanc gros comme une banane. Dernier soir, je dédie *C'est si bon* à Miss Dolly Parton.

Dalida ne répond pas au téléphone. Mes courriers restent lettres mortes. J'ai beau sonner, le portail de la rue d'Orchamps ne s'ouvre pas. *France-Dim'* prétend qu'elle a tourné mystique. Drôle de printemps 67. Paris danse aux rythmes de l'Amérique : *Peace and love* contre la guerre du Vietnam. Moi, j'ai encore la tête au Mexique. J'en fais profiter mon piano. *Y volveras en ese barco azul*, version espagnole de *Mon très joli bateau.* En me voyant boxer le clavier, Claudie roule sa langue entre ses joues, dubitative. Ça me révolte.

– Quoi ? Tu trouves le refrain naïf? Tu ne sais pas ce que c'est, un pays qui ne bouffe pas à sa faim.

Elle soupire.

– Arrête, Hervé, ce que tu chantes ne changera pas le monde.

Je m'incline. Son intégrité de femme libre m'épate. La voir lire *Le Monde* me donne une sensation de sécurité. *The Mamas and the Papas* passent en boucle sur la chaîne stereó. En fin d'après-midi, les copains réapparaissent et l'appartement se transforme en bar de nuit. Maman vient aussi, elle est mieux avec nous qu'au zinc.

– Ah ! ma Nicoletta, la chanteuse qui monte. Quel gosier, quelle dégaine ! Toi, t'es comme ma fille, allez hop, cul sec.

L'amitié, c'est bon, mais c'est crevant. Il faut consoler Jenny d'un flirt qui s'est perdu entre l'avenue de Wagram et la rue du Docteur-Blanche. Chercher ses chaussures quand elle est défoncée. Expliquer dix fois à Gruny comment se servir de la machine à glaçons. Ramasser ses mégots. Claudie pousse des gueulantes mémorables. Il faut punaiser au-dessus de l'électrophone : « Merci de remettre les disques DANS leur pochette. » La bohème m'inspire. Sur mes enregistrements espagnols, j'ai fait ajouter des cordes langoureuses, je me démène mais la tournée avec Rika

Zaraï s'annonce mal. Même Gérald n'y croit pas :

– Les gens sont préoccupés par la guerre des Six Jours.

Tu parles. Les gens en ont marre du minet à frange, de l'orphelin au bord des nerfs, voilà la vérité. Et maman n'est pas la seule à perdre la mémoire. Dans la rue, le public est amnésique :

– Comment vous vous appelez déjà ?

Les Parisiens m'exaspèrent, je préfère les Indiens. À Mâcon, une poignée de fans me colle encore aux basques. Chapiteau clairsemé. Mais la rumeur, elle, fait recette : Vilard est comme Capri… fini.

Le jour de mes vingt et un ans, de Gaulle crie « Vive le Québec libre » et je deviens millionnaire. J'ai des dizaines de livrets de Caisse d'épargne, pleins à ras bord. Évidemment, Daniel m'a téléphoné, solennel :

– Hervé, maintenant que tu as le droit de vote et que tu es majeur, je voudrais que tu prennes conscience que tu es à la tête d'une somme énorme. Si tu as envie de voyager, de t'acheter un piano, quoi que ce soit, tu peux, il en restera encore beaucoup… Écoute, fils, je ne veux pas m'immiscer dans tes affaires, mais tu devrais te fixer. Je peux te conseiller si tu veux investir dans l'art. Je t'indiquerai des œuvres et des artistes. Tu te souviens de Dubuffet ? Des toiles de Fautrier ? Et Dado, les gravures…

– Tout comme tu veux, Daniel.

Fin juillet, Dijon, Châteauroux. Rika Zaraï craint pour sa fille restée en Israël. Elle s'envole pour Tel-Aviv. Notre tournée est écourtée ; c'est un fiasco. Je redeviens vulnérable.

– Et alors, on ne vous voit plus à la télé ?

– Oh, mais vous n'êtes pas Adamo ?

– Non, Madame. Je suis Petula Clark.

Il n'y a que dans les musées qu'on me fout la paix. Au Louvre, Claudie et moi, nous avons découvert Vermeer. Des petits personnages au bord de la disparition, comme moi. On entend presque battre leur cœur.

Les yeux rivés sur la Seine, nous regardons passer les bateaux-mouches.

– Hervé, ça va ?

– Oui oui.

– Tu veux qu'on rentre ?

– Oui oui.

– Dis donc, Oui-Oui, tu fais la tête ?... J'irais bien à la campagne, il y a un bail que je n'ai pas vu ma mère.

– T'as raison, Claudie, occupons-nous de nos mères. Et, à la fin de l'hiver, je t'emmène au bout du monde.

– Arrête...

– Si, promis. Même si tu te fiches de mes rimes à la con, je t'emmène au Brésil. Je te ferai passer pour l'habilleuse du chanteur d'amour !

Des collines brûlées par le 15 août, des vallons, la fin des moissons, et du lierre dans les arbres.

Lucienne Boyer et Marcelle Villard à La Célette, chez la mère Liger, fallait oser ! Attablés au bistrot, nous attendons l'abbé Angrand. J'ai eu un mal de chien à convaincre mes deux inséparables Parigotes qu'il y avait du du bon Dubonnet en Berry. Sur la place, je vois le grand tilleul d'où je suis parti. Des géraniums dans un pneu. Si je ferme les yeux, les odeurs me foudroient. Maman est là, dans mon souvenir, du temps où je l'imaginais blonde.

Rien n'a bougé dans ce bled. À part le transistor sur l'étagère qui diffuse *Abbey Road*.

– Vous mangerez ben un bout, j'ai rin que des moules et des frites. Vu que mes poules pondent point en c'te saison.

L'accent de Marie Liger me saute au cœur.

– Faut ben le temps qui s'en revienne de bénir les vignes. Et pi c'est qu'il est pu tout jeune, not' curé.

Les frites sont molles et les moules froides. Mais mes invitées ne crachent pas sur le vin gris.

– Le v'là. Y a sonné ses cloches, s'écrie Marie. Hé oh, m'sieur le curé, y a de la visite pour vous aut'.

– J'arrive, ma bonne Marie, j'arrive.

– Faites don' vite que je vous dis, c'est des gens qui v'nont de Paris.

Toujours droit, sans un poil blanc, l'abbé. Traînant un garçonnet par la main, il marche à grands pas. Même voix plaintive. Même soutane débraillée.

– Mon René, Dieu soit loué, c'est donc toi. Bonjour mesdames. Pardonnez-moi, il faut que je le regarde. Approche, petit frère mal rasé, que je te biche.

L'enfant sauvage est de l'Assistance publique, je le sais tout de suite à son sourire arrogant. Je serre sa main, très fort, contre le malheur. L'enfant se libère et me demande comment je m'appelle.

– Hervé.

– Hervé ou René ? Moi, c'est Francis, mais on m'appelle Crapouillot.

L'abbé ordonne :

– Tais-toi, Francis.

– Tu sais, je fais toutes les messes avec Tony. J'ai beaucoup pleuré quand ma chèvre est tombée dans le puits. On l'a mangée, elle s'appelait Rose.

– Tais-toi, Francis.

Au moment de régler, Marie Liger me dévisage de ses yeux de chouette.

– C'est'y pas toi qu'étais chez les Dallau ?

– C'était moi.

Même fraîcheur dans l'église. Même petit silence moisi. L'abbé exige une prière. Les Parisiennes, un peu paf, font la moue.

– Agenouillez-vous, mesdames !

Nous lui devons obéissance.

– Prions la Vierge Marie, remercions-la de sa bonté. Demandons grâce au Seigneur.

Sa voix de tragédien, le vitrail de Joseph, saint Paul dans un rayon du ciel, j'ai douze ans, je frémis comme un enfant de chœur. Deux femmes dans son église, il sait que l'une d'elles est ma mère. Il ne dit rien, ne questionne pas. Le petit Francis aux mains jointes doit tant espérer revoir la sienne.

L'abbé réitère :

– Chante avec ton cœur et fort. Charge-toi de ta mission sans orgueil, petit frère.

– Pour chanter fort, ça, je chante fort, Tony. Je suis heureux de te revoir, tu sais.

Il ne m'entend pas.

– René, tu veux bien nous laisser un moment, je dois m'entretenir avec ces dames.

Il ajoute, presque réjoui :

– Regarde comme elles sont fatiguées. Je vais soulager leur âme. Attends-moi au presbytère avec Francis.

J'observe deux pénitentes et une soutane qui s'éloignent au bout du jardin en friche. Dans la maison, le trésor d'une vie immense est intact. Sur le rebord des fenêtres, des piles de livres cachent le jour. Un reste de soupe dans une casserole sur l'établi. Dehors, mes Montmartroises prennent leur bol d'air, chancelantes sur leurs talons, tout en jetant à l'abbé des regards paniqués. Je bois un Coca glacé avec Francis. Il parle à voix basse.

– C'est bon, c'est froid.

Je pourrais dire milles choses, et je ne dis rien. J'ai vingt et un ans. Au moment de partir, quand Lulu et Vivi ont vu l'abbé se pencher pour baiser la porte du presbytère, j'ai bien cru qu'elles allaient se mettre à chialer.

Je ne lis plus. Je ne rêve plus. Je ne baise plus. Le docteur Kelling me convoque pour une semonce. Selon son diagnostic, les cures de désintoxication de madame Villard ne donnent aucun résultat. Bientôt il lui faudra soit des soins à domicile, soit une maison de retraite. Maman n'ira pas. C'est ma volonté. Elle se porte bien, je le vois. Nicoletta lui a offert des bleuets, et ses voisins, des doubles rideaux. Depuis que je suis majeur, je me sens moins responsable d'elle. En ce début d'octobre, mon chagrin va à quelqu'un d'autre. Ils ont assassiné

Che Guevara. Lui aussi a concouru à mon éveil.

Je me sens Argentin.

À Rio, je n'aurais pas supporté de ne pas triompher. Dans l'étuve du Maraccarazine, j'arrache une revanche sur mon pays boudeur. Tout un pays reprend *Mon très joli bateau*. Tube amérindien de la Sierra Leone jusqu'aux banquises de la Patagonie.

Avec Jacques Brel, je pisse contre les murs du Copacabana Palace à sept heures du matin. Deux belles mulâtres caressent la barbe du chanteur belge.

– *Ven aqui*, frère Jacques, *todo bien*.

Dans l'empire de l'arbre à gomme, Manaus m'offre un petit palais Garnier. L'acoustique est un régal, et derrière les balustres de Carrare, le public a la douceur des abonnés.

– C'est foutu pour la Bolivie, gueule Gérald, contrarié.

Un certain Régis Debray est condamné à trente ans de réclusion pour sa participation à la guérilla. Là-bas, les Français ne sont plus *persona grata*.

Pas de regret pour La Paz. Ça grouille de Schleus.

Relâche, enfin. Six jours d'expédition. Nous remontons l'Amazone en rafiot. Claudie et moi, deux hippies partis avec un capitaine tremblant de paludisme qui préfère les dollars aux cruseros. Le moteur, l'odeur du benzène, du cambouis bouillant, nous lèvent le cœur. L'air poisse. La crasse colle. Pas facile de se laver dans les eaux troubles sans se faire bouffer le cul par les piranhas. Mais à minuit, dans les tiédeurs d'opale, les petites îles du fleuve ressemblent à des éléphants endormis. C'est beau à crever. Claudie en a pleuré.

– Tu te rends compte, nous sommes dans le poumon du monde.

– Regarde, les dauphins se retournent pour te montrer leur ventre rose.

Le paradis équatorial dure deux minutes. Dans la jungle, les orchidées sont rares, et les moustiques, plus familiers que les colibris. Tout ça pour voir passer un indigène bienheureux au fond de sa pirogue. Arrivé à Leatita, je céderais volontiers ma moustiquaire et mon hamac pour un lit de camp. Au soir, les teintes sanguines virent au sombre. Des couchants d'embolies, des visions sublimes guident nos âmes errantes.

Quand un jeune gouverneur colombien me laisse le choix entre chanter gratis pour « *la Nacion* » ou aller en cabane, un peu pincé, je réponds : *Porque señor ?* Au fond des soutes, notre rafiot passait de la cocaïne, sans que le contrebandier fiévreux nous ait proposé la moindre ligne de sa fine marchandise. Il a donc fallu chanter *Y volveras en este barco azul* pour le juge, sous l'hévéa géant.

Quand je croise un gringo aux yeux bleus, bouffi par les tropiques, je verse dans la paranoïa :

– *Caramba,* Claudie, ce sont des Allemands, je te dis ! Des nazis roux, planqués au fond de l'Amazonie.

Ici, leurs villas en bois ressemblent à des chalets tyroliens, gardés par des molosses qui hurlent à la mort.

Claudie prend son air blasé.

– Des nazis, il y en a partout. En Argentine, au Mexique, au Pérou et même dans les monastères bourguignons.

À Bogotá, le ciel ne tient pas en place. On serait bien restés pour les sculptures de Botero. Mais nous rentrons à Paris, via Madrid, promotion oblige.

L'Espagne me paraît immobile. L'émission de « *Todos en la tarde* » se veut culturelle. On gèle en coulisse, ma talonnette se casse, je boite en entrant sur le plateau 26. Des questions fusent, mon allure de chanteur fade excite le chroniqueur madrilène, plein de morgue.

– *Señor* Vilard, n'êtes-vous pas obligé d'aller chanter en Amérique latine, faute de succès à Paris ? Soyez sincère. *Hablame franco.*

– Je vais vous répondre *señor*, personne ne m'oblige à rien. Et si vous voulez ma sincérité, je vous l'offre : *Franco es mierda.*

J'ai déconné. Il a très bien compris, mon félon de chroniqueur. Soudain le grésillement d'une coupure interrompt l'antenne. On me prie de quitter le plateau, direction l'hôtel. Trois flics bicornés font le pied de grue devant la chambre 13, le temps que nous bouclions nos valises. À l'aéroport, sur la ligne jaune de la frontière, la Guardia Civil m'a signifié que j'étais désormais interdit de séjour en Espagne.

– On va finir par y aller, Hervé.
– Où ça, Claudie ?
– En taule.

Londres dicte la mode, sans pitié pour les chansons tricolores. Lee Hallyday, mon directeur artistique, s'échine à changer mon look : chemise à jabot, collier de graines, foulard de flibustier. Horrifié, il a repoussé toutes mes compositions langoureuses.

– Hé, Hervé, fini le sirop. Bouge-toi. Explose ! Enregistre du Georgie Fames, j'ai un mec qui fait des adaptations dingues de Jimi Hendrix.

– Quoi, celui qui habite Sarcelles ?

Mauvaise pioche. Mauvais disque. Du yogourt psychédélique. Je porte des chemises tellement rayées qu'on dirait une panne de récepteur. Les programmateurs-radio ont jeté mon 45-tours à la poubelle, vite fait, bien fait. J'ai honte d'avoir cédé, quoique prendre un bide quand on n'est plus soi-même, c'est presque une bonne nouvelle. Louis Nucera est reparti pour Nice écrire des romans. Je reste sans allié chez Philips. Lee Hallyday s'occupe de son cousin Johnny. Le rock'n' roll, c'est pas ma tasse de thé. Mes musiciens le sentent bien. Ils m'ont quitté. Couché, j'écoute Schubert et Ravel. Je suis un passage à vide.

Claudie se fait du mauvais sang pour ma mère. Pour moi.

– Écoute le docteur Kelling. Vivi est en train de perdre la boule. Sors-la de son quartier de poivrots. Elle s'est laissé photographier dans un cercueil pour un carton de saint-émilion ! Tu as de la chance que les journaux aient refusé de publier cette mascarade.

Je sévis. L'avenir sera sobre. Chez elle, je fais des rafles pour saisir les bouteilles. Je prends les patrons de bistrots un à un pour interdire qu'on la serve. Personne n'en saura rien.

Un matin, il faisait si beau, si bleu, j'ai acheté un hôtel particulier, rue de Longchamp. En attendant la fin des travaux, j'ai logé Vivi dans un studio, au dernier étage d'un immeuble du boulevard Flandrin. Sa vie s'embrouille un peu, elle mélange les prénoms.

– Nicole.

– Non.
– Gruny.
– Non. Maman, c'est Hervé.
– Mais non, toi tu t'appelles René.

Un petit matin de mai, rue du Four, alors que Claudie, Jenny et moi sortons de boîte, une compagnie de CRS bloque la rue.

– Faut faire sauter le couvercle de la marmite, hurlent des chevelus perchés sur le capot de mon Austin-Cooper.

– Hé, attendez, c'est ma voiture !

– Mort aux cons ! Vive l'amour libre !

– T'as raison…

À Saint-Germain, les grilles des arbres sont arrachées. Slalomant entre les poubelles, je prends le boulevard en sens interdit.

– Avance, fouille-merde, gueule un mec en cagoule, tu ne comprends pas ce qui se passe, c'est la révolution.

– Pardon, nous ne savions pas. Nous n'avons pas la télévision.

Rue Bonaparte, je manque de me prendre une borne. Les bombes lacrymos nous arrachent la gueule.

En moins de trois jours, plus question de sortir sans papier. La violence gronde. Les barricades poussent. Plus d'essence dans mon 16ᵉ. Les banques tirent le rideau. Merde alors, et mes millions ? Même pas un malheureux navet pour la soupe de Blanche. Gérard Gruny traficote à Vaucresson, on est sauvés. On empile les jerrycans, les cageots de patates et les œufs dans le coffre de sa 2 CV.

– Dis, si on rapportait une poule ?

– Charrie pas, c'est pas Stalingrad.

Chez Blanche, on se fait des omelettes. Quand vient la nuit, je la couche dans son lit douillet. Les oiseaux chantent juste avant que les pavés ne sifflent.

– Ça brûle ce soir, Gérard ?

– Tout se passe à l'Odéon, c'est le foutoir.

– On y va ?

Gérard nous trimballe en 2 CV, il réussit à contourner les barricades avec une fausse carte de presse. Ça crame, ça bouge, ça se bécote, ça me botte… Je vais en faire une chanson.

À l'Odéon entre qui veut. Les mezzanines vont s'écrouler sous l'euphorie des étudiants. On fornique au fond des loges. Un lupanar de velours rouge. C'est chouette. Les révolutionnaires dorment dans les corridors. Sur scène, un barbu harangue des fauteuils vides. Vive Molière ! À mort les sociétaires !

Léo Ferré a gueulé « Ni dieu ni maître ! » à l'ORTF. Les artistes sont en grève et moi je n'ai plus de travail. Boulevard Saint-Michel, une fumée épaisse étouffe la lueur des flammes. Jenny trouve que Sauvageot est un héros très beau.

– T'as vu la gueule de ce con de Séguy dans la manif ? s'écrie Gérard tout joyeux.

– Le con, c'est toi, rétorque Claudie, c'est pas Séguy, celui qui louche c'est Jean-Paul Sartre.

La France est orpheline. De Gaulle et tante Yvonne s'envolent en hélicoptère, disparus… Je l'aimais bien, le vieux. Je fais partie de la charrette. *Salut les copains* publie ma photo avec celle de Jean Ferrat, en train de brûler sous la flamme d'un briquet. J'ai chaud aux fesses, mais je me console. Jamais je n'aurai autant baisé.

Comme c'est venu, c'est reparti. Bye bye printemps, roulez jeunesse, remontez les braguettes, réouverture des pompes, des banques et retour des badernes en trois pièces-binocles. Le soleil donne un bon coup de balai sur le macadam et Mai 1968 s'en va, avec Claudie. Elle filme Jim Morrison d'un festival à l'autre, me donne des nouvelles des Doors, De Grateful Dead, de Jefferson Airplane. La débrouille est dans sa nature. Au téléphone, j'aime sa voix heureuse. Son neveu, le grand Jean-Paul, fait de son mieux pour la remplacer. Il s'occupe de Blanche et l'emmène au marché rue Lepic. Elle rentre de bonne humeur, me taquine, se plaint du gris: «Il pleut tout le temps dans ton 16e!» Nous rions de ses énormités. Je l'adore quand elle a sa tête. Mais le soir, au moment où l'infirmière s'en va, ses absences reviennent, chaque fois plus profondes. Les yeux éteints, elle maugrée : «Tout fout le camp doucement.»

Je pars quand même. Jean-Paul ne la quittera pas des yeux.

Voilà huit mois que je n'ai pas chanté sur scène. Le 2 octobre 1968, c'est *noche triste.*

L'armée mexicaine a ouvert le feu sur la foule, on parle de morts, de blessés, de disparus. Et moi je me sens assez lâche d'aller chanter à Mexico pour une brique par jour. C'est mon sale petit secret.

Au village olympique, à l'ombre d'un parasol sponsorisé par la bière Carta Blanca, on me traite en star. Gérald est venu avec sa femme Sylvie pour un voyage de noces tardif. Sylvie… Son décolleté arrogant, ses boucles Babyliss et son goût des quartiers chics, tout m'insupporte chez cette petite bourgeoise lyonnaise.

– Quelque chose ne va pas ? me susurre-t-elle, en se tapotant le nez au-dessus de son poudrier.

Même son tutoiement m'agace.

– Je suis la France accompagnée par le grand orchestre de Juan Garcia Esquivel. On se lynche pour m'entendre dans le plus grand cabaret du monde. Que pourrait-on rêver de mieux, chère Sylvie ? Reprends un canapé, ça va t'occuper la bouche.

Je veux être odieux. Est-ce le manque d'oxygène ou la misère ? Je suis mal. Où sont les forêts, les lacs sans rive et les montagnes de soufre dont me parle Maria, ma gentille habilleuse indienne au sourire de diamant ? Impossible de marcher en liberté. Deux gardes du corps ne me lâchent pas d'une semelle, sur ordre de Gérald. Sa femme redoute le kidnapping, évidemment. J'ai décliné l'invitation à dîner de l'ambassadeur de France. Caprice de star. Sylvie est furax et ça m'enchante. Dans ma suite à 200 bucks, au son des hymnes nationaux et des remises de médailles, j'aspire mes nouilles fades. La femme de chambre au nez aztèque retape mon lit avant de déposer deux bonbons sur l'oreiller. C'est l'heure d'appeler Paris. Jean-Paul a une voix blanche, j'ai un mauvais pressentiment.

Deux shows quotidiens ne parviennent pas à me distraire de mon blues. Je dois sortir. À Mexico, tout s'achète, pas cher, même la liberté. Je paye en douce mes gorilles pour qu'ils me lâchent. Je file vers la place Garibaldi et ses gravures d'Épinal : les mariachis arborent sombreros élimés et médailles de pacotille. Demain soir, c'est mon dernier récital. Je passerai le flambeau à Shirley MacLaine.

À Paris, pas même un œuf dans le frigo. Claudie ne rentre plus. Elle sillonne le globe en quête de sons pop et d'images d'avant-garde.

C'est la nuit, c'est le jour. On sonne, on ne sonne pas. Il y a quelqu'un à la porte. Il n'y a personne. On frappe. On cogne. Jean-Paul est là, affolé.

– Hervé, il y a le feu chez ta mère.

Comment imaginer que des flammes monteraient si haut ? Un brasier gigantesque. Les lances à incendie éventrent les murs calcinés, la toiture s'effondre sur les terrasses, boulevard Flandrin. Figés par l'effroi, derrière le cordon de sécurité, les habitants pleurent leurs biens partis en fumée. Les autres lorgnent la catastrophe. Une femme en robe de chambre pointe un doigt vengeur sur ma mère.

– C'est elle, la folle qui a foutu le feu !

– Oui, c'est une pyromane, hurle le concierge portugais en la menaçant du poing. Encore heureux que personne ne soit mort. Espèce de cinglée !

Dos au grillage le long de la voie ferrée, maman est assise sur le trottoir, emmitouflée dans une couverture. Elle s'appuie à son balai-brosse, protégée par deux infirmiers. Ses lèvres égrènent des prénoms : Robert, Dédé, Armand, Julien… Hagarde, elle regarde tournoyer les gyrophares. Elle ne me reconnaît pas. Pour elle, je n'existe plus. Ni moi, ni personne. J'ai la vision d'une corde, très mince, qui aurait lâché. Docile, elle monte dans l'ambulance. Je prends sa main, la caresse. Elle ne réagit pas. D'un geste maniaque, ses petits doigts noirs de suie tortillent sur son front l'éternel accroche-cœur. Les portières claquent.

– Où l'emmenez-vous ?

– À l'hôpital de Garches.

– Je peux l'accompagner ? C'est ma mère.

– Cette dame n'a plus sa raison. Voyez avec la police.

La sirène retentit en s'éloignant. On m'abreuve d'injures, de menaces.

– On sait qui vous êtes ! Si c'est pas malheureux !

– Ça devait arriver, y avait qu'à l'enfermer.

Un agent veut m'interroger.

– Je ne ferai aucune déclaration dans l'immédiat, monsieur l'agent.

Le flic relève mon identité. Je reste un moment devant les décombres fumants. Une rallonge de formica, un jouet d'enfant, des boules de pétanque ont roulé dans le caniveau. Le dernier étage n'est qu'une ruine. J'aimerais me convaincre que tout cela n'est pas arrivé. Ma mère a commis un acte désespéré. Aurai-je été le dernier visage de sa vie d'innocente ? Le flic revient ver moi. Qu'on me foute la paix, je vais dormir au Ritz...

La place Vendôme est aussi morte que la place Rouge.

– Des bagages, monsieur Vilard ?

– Non, rien. Quelle heure est-il ?

– Trois heures du matin, monsieur.

– Vous me ferez monter des œufs brouillés, s'il vous plaît. La piscine est-elle ouverte ? J'aimerais aussi une brosse à dents et un rasoir.

La chambre 26 est tendue de moire verte. Ça donne la poisse aux artistes. À quoi bon changer, le malheur est fait. Me draper dans le satin, dans ma fierté, telle est ma stratégie.

Paris brûle-t-il ? Non, c'est seulement la brume, l'air est comme un miroir usé, on ne distingue ni le début ni la fin de rien.

L'Assistance publique, je l'ai en horreur. Entrer dans le pavillon des fous, c'est prendre le risque d'attraper une maladie mentale. Les patients se languissent comme des morts vivants. Tout est blanc et ça pue l'éther. Ma mère est un légume, mais c'est toujours ma mère. Quand je me cherche au fond de ses yeux, je ne trouve que le vide de ses prunelles. Même morte, toute blanche, pourrie de la tête, partie trop loin, pyromane, dérangée, criminelle, c'est ma mère.

– Vivi ?

– Voui ?

Viens. Viens, on marche. Viens maman, viens. Dehors, il fait soleil. Son bras ballant ne pèse rien, aussi léger qu'un foulard. La regarder me blesse. Je cherche ce qui peut la faire trembler dans ce buisson de capucines, pourquoi la forme d'une fleur, d'une ombre, effraye son esprit aux abois. Je m'enlise dans les allées de graviers. Les infirmières me demandent des autographes. Soudain, Vivi murmure :

– Toi, qui tu es ? Qui, qui ?

– Qu'allez-vous faire, professeur Barthe, pour me la sortir de là ? Je me porte garant de son avenir, je vous promets qu'elle n'embêtera personne.

– Mon cher, je crains que cela ne soit trop tard, hélas. Je n'ai rien de curatif à vous proposer contre l'Alzheimer. Embrassez-la et rentrez chez vous. La prochaine fois que vous la verrez, elle ne saura probablement plus qui vous êtes.

– Qu'est-ce qui va se passer ?

– Écoutez, prenez-le comme un départ. Des gens meurent en dix secondes, d'autres en dix jours. L'Alzheimer, c'est mourir en sept, huit ou dix ans. D'abord ils ont peur, et ils souffrent. Ils arrachent leurs vêtements, couvrent les murs d'excréments. Ils se battent. Et puis, peu à peu, ils s'en vont. Ils passent de l'autre côté. Comme des lamantins, des hippocampes, ils flottent jusqu'à la fin. Il est alors possible que toutes les formes d'amour qu'on leur porte éclaire encore leur vie.

Barthe a l'œil impitoyable de ceux qui savent.

– Pour le suivi, restez en contact avec le docteur Kelling. Il garde le dossier. Quant au paiement, vous pouvez régler par semestre, vous le saviez ?

Tu as peur ma petite mère ? Tu te réveilles épouvantée, ça me fait mal. Je finirai par aimer ce qui m'effraie en toi.

Mon bras par-dessus le tien, toujours par-dessus. Tes dessous déchirés. Gratte la paume de ma main, vas-y, oui, continue. Moi, je suis toujours ton fils. Te voilà en autarcie. Tu m'en veux ? J'ai mal fait ? J'ai eu tort de t'isoler dans ce 16e arrondissement ? De quoi t'ai-je privée ? De ta folie de petite fille ? Le bordeaux supérieur n'aura pas suffi à t'apaiser. Il n'y aura pas eu assez de duels entre nous. Tu dansais au Balajo, et alors ? Pourquoi tu ne danses plus ? Maman chérie, je ne chanterai pas mon enfance, je ne veux pas d'autres femmes que toi.

– Où t'étais ? me crie Nicoletta d'une voix stridente à une station de taxis.

Je ne réponds pas.

Le succès la rend belle. Son champion de natation l'enlace. Ils viennent de s'aimer, leurs yeux sont pleins de chair. Elle remet ses cheveux en désordre.

– Qu'est-ce que tu as ?

– Vivi a le cerveau dans les étoiles.
– Comment ça ?
– Absente. Tu sais, l'Alzheimer. Cette maladie imprononçable.
– Où est-elle ?
– À Garches.
– Pauvre Vivi. Viens à la maison.
– Non.

Sur les Champs-Élysées, on pourrait croire que je n'ai croisé personne. Au Ritz, je marche dans mes pas et claque mon fric. Rideaux à franges, cafetières d'argent, service de nuit, tout cela apparaît en signant le coin des chèques. Le matin, je salue poliment mademoiselle Coco Chanel. Elle est l'inverse de Vivi, un corps de trique, avec toute son existence ramassée dans le regard noir dont elle me foudroie.

Foutu métier ! Ma nouvelle chanson est un tube. Ça recommence.

Sayonara
Que la vie était belle avec toi
Sa yo na a ra
Peu à peu le chagrin s'en ira.

Ma guimauve talonne les chansons de Johnny Hallyday et de Mireille Mathieu aux premières places du hit-parade. Voilà deux ans que je n'avais plus fait parler de moi dans mon pays. Jean-Paul, mon ours de manager, me fait signer les contrats de l'été qui vient. L'hiver est froid et sec au bar du Ritz. Le gin tonic brûle ma gorge avant d'envahir mon sang. Jean-Paul m'en veut un peu de parapher les feuillets d'un air détaché. « Va pour la foire aux vins de Colmar et pour l'andouille de Vire ! Va pour Limoges, la porcelaine, c'est fragile comme le succès. »

– Et pour Télé-Dimanche, qu'est-ce que je réponds ?

– Dis à Marcillac que je n'ai pas la pêche. Ils n'ont qu'à prendre le scopitone que j'ai tourné dans les jardins de la Pagode.

Il bouffe pour deux, mon Jean-Paul, je lui ressers du veau marengo. J'aimerai toujours les gens heureux.

– Signons, Jean-Paul, signons ! Allons chanter jusque dans les plus petits bleds d'Auvergne. Pourvu que je ne m'éloigne pas trop de Garches.

C'est joué depuis l'enfance, l'œdipe, dit-on, tu parles. Il semblerait que je sois venu au monde pour changer de mères : libanaise, chilienne, russe ou française, elles ne feront que passer. L'abandon a du bon. J'ai pris de l'avance sur mon âge. Ma jeunesse a traversé le désert et maintenant je reviens la tête froide.

– Jamais ils ne vous rendront votre mère. L'alcool et le Valium, c'est un très mauvais cocktail, me confirme le docteur Kelling. Partez en vacances.

– Je ne me repose qu'en scène.

– Alors mariez-vous.

– Les filles détestent les garçons qui pleurent leur maman, cher docteur. Les hommes couchent avec leur femme, et moi, de temps en temps, je couche avec eux. Je ne m'en plains pas. Rien ne m'est familier nulle part.

Kelling acquiesce, indulgent.

– Vous mentez mal.

Avec sa voix sensuelle, il pourrait me faire marcher sur la tête.

– J'aimerais mieux vous connaître.

– Ah bon? Alors dépêchez-vous, docteur, j'ai un gala en province. Faut que j'y aille, si je déchante, je suis fini. Dieu m'a foutu dans la merde dès le début de ma vie, et je souhaite qu'il m'oublie.

– À l'hôpital, votre mère ne risque plus rien.

Florac, cerisiers en fleur. En scène, avec le vieux costume Renoma que j'ai porté à Prague. Ma grosse tête est vissée sur mon corps maigre. Face à la salle, j'ai des révoltes d'adolescent et des certitudes d'homme. Les musiciens n'en reviennent pas. Je n'ai plus peur de rien. Même pas du public, et encore moins du directeur, un type vulgaire qui épie les applaudissements depuis son bureau.

– Bravo, c'est reparti pour toi. Cette chanson chinoise est formidable.

– *Sayonara*, c'est du japonais.

– Daniel, allô, oui. Elle est finie. Elle va mourir, Daniel. Mais pas maintenant.

– Nous aussi, nous allons mourir, mon Hervé. Ça, c'est sûr. Et c'est bien naturel.

À Rodez, le directeur me salue d'un vibrant « Sayonara Vilard ». Je réponds au revoir, merci, je rentre, j'ai de la route à faire... Je fonce, en avalant les bandes jaunes. Au-dessus de l'aiguille du compteur, les phares de mon Alfa Roméo arrachent les arbres avant de les rejeter au néant. C'est dangereux. Tant mieux. Je mange des pommes en tenant le volant d'une main.

Ma convocation au tribunal est arrivée sur papier bleu. J'ai pris l'avocat de Dalida. Maître Kam est bon, simple, ses yeux ont la couleur du fer, il ne me prend pas un sou. Sa renommée me laisse espérer un arrangement à l'amiable.

Combien de marches faut-il monter pour entendre la justice ? Va savoir jusqu'où iront les juges et les témoins à charge. Dans les couloirs du palais, les uns sont calmes, d'autres tournent comme des frelons. Une vedette au tribunal, on rit de moi. Maître Kam ajuste les manches de sa robe et me supplie de me taire.

– Devant la justice, il est recommandé de rester modeste. Si vous voulez garder votre fortune, motus, et touchez du bois.

L'avocat de la partie civile a le profil taillé à la serpe, il a posé ses mains sur la table de chêne avant moi. Sur une fesse, je m'assois au banc ciré des accusés. J'écoute les bruits du carrefour Saint-Michel.

– Levez-vous.

Que des hommes. Je relève une mèche de mes cheveux trop longs pour un tribunal. Passer son temps à juger les autres, n'est-ce pas du temps perdu ? L'avocat au menton en galoche m'accuse au nom de la morale.

– Vous devez reconnaissance à la République, avec l'enfance que vous avez eue. Vous êtes artiste… de variétés… instable. Vous n'auriez pas dû garder votre mère malade à vos côtés… pour vous faire de la publicité.

Soulèvement dans la salle.

– Objection ! lance maître Kam.

Le juge l'accorde, l'avocat adverse pince les lèvres en me toisant.

– Nous disposons de pièces accablantes : page 3, alinéa 2 : l'assurance ne couvre pas les dégâts causés de façon préméditée. Page 23, alinéa 8 : vous êtes responsable, vous avez signé le bail de ce studio à votre nom. Avouez que vous laissiez votre mère seule… et en pleine détresse. Blanche Villard déclare avoir jeté une allumette dans sa poubelle parce que vous n'étiez jamais là.

Ses phrases me tuent, comme au stand de tir, chaque mot éclate une tache de couleur au fond de ma tête. J'avouerais n'importe quoi pour ne pas les entendre. Maître Kam riposte, le verbe haut.

– Auriez-vous un cœur de pierre, cher confrère, auriez-vous laissé votre mère dans l'oubli ? La gloire pour vous, les larmes pour elle ?

Kam plaide la folie de ma mère pour alléger ma peine. Depuis quand chanter serait-il un crime ? Je me lève et je dis :

– Je n'ai pas honte.

Le juge ordonne le recouvrement total de la dette. Quatre millions deux cent vingt-trois mille francs… et quelques pesos.

Je respire à pleins poumons la justice des hommes.

L'affaire du boulevard Flandrin est sans appel. Maître Kam est ulcéré. Il tient à me protéger. À force de conseils, la salive mousse au coin de ses lèvres.

En vingt-quatre heures, je brade ma maison de la rue de Longchamp avant même d'y avoir emménagé. Vendez, vendez maintenant ! Daniel me laisse la clé d'un coffre pour les Chaissac et les Dubuffet, je les trouverai bien un jour. Jusqu'au bout, il aura été mon père, sa voix est formelle :

– Hervé, pars si tu veux, mais paye ton tiers provisionnel.

D'accord. Tout le reste, transférez-le sur un compte panaméen. La totalité, monsieur Vilard ? Transférez, transférez, je vous dis ! Mentir, tricher, comme tout le monde. J'ai plus de copains, ils se débrouilleront sans moi.

– Allô, allô, oui, maître Kam ? Excusez-moi de vous déranger si tard, mais il y a un huissier dans les coulisses avec une mallette noire, qui me réclame mon cachet d'artiste, qu'est-ce que je fais ?

– Vous le lui donnez, Hervé.

Ils saisissent mes droits d'auteur, mes royalties, ne me laissant qu'un minimum, de quoi vivre dans une chambre sous les toits. Je vais retourner rue Jean-Mermoz chez Cordier ?

– Au fond, maître Kam, je refuse cette condamnation, ce n'est pas que je ne veux pas, mais je ne peux pas, je ne l'accepte pas.

– Alors barrez-vous ! À vingt-cinq ans, l'exil peut être bénéfique.

– Pardon, maître, mais, le 24 juillet, j'en aurai vingt-trois.

Le sourire éclatant de maître Kam me rend le mien.

En une nuit, il faut devenir un homme. Quand j'étais gosse, minuit sentait l'herbe mouillée, la fraîcheur de l'avenir, l'odeur de la pierre et du foin. Maintenant, rien. Je relis mes carnets de notes avant de les ranger au fond de la valise. Personne ne saura rien de ce qui y est écrit. Sur ma mère, je ne m'expliquerai jamais. Aujourd'hui, trois hommes ont marché sur la Lune à 14 h 32, heure française.

– Un billet pour Mexico, je vous prie...

– Pas de retour ?

– Non, ce n'est pas la peine.

Sous le soleil de juillet, Garches ressemble à une station balnéaire. Le professeur Barthe et le docteur Kelling partent en vacances. Moi aussi. Les mains derrière le dos, nous marchons de long en large sous la véranda.

Dora, l'infirmière, trouve maman douce, coquette et propre. Elle aura suffisamment de linge pour aller jusqu'au bout.

Maman se lève, son fauteuil d'osier couine, ses mains tremblent. Lentement, elle s'avance vers moi. Cette petite robe d'été vert pré, nous l'avions choisie ensemble aux Galeries Lafayette. Elle fait quelques pas, ne répond à rien, sauf à son nom, quand je l'appelle Blanche, elle vient comme un animal. Sa paire de savates chuinte sur le dallage.

D'une voix sans timbre, elle dit :

– Comme il est tard.

Une seconde de lucidité, puis elle retourne dans l'embarras. Je la prends dans mes bras.

– Ne tentez rien qui pourrait la brusquer, me dit Dora. Mais je suis comme vous. Face à cette maladie, on est désemparé.

Maman réclame sa cocotte-minute.

Elle n'a jamais eu de cocotte-minute.

– Donnez-lui des mangues. Elle adore les mangues.

– Monsieur, vous nous laissez une adresse ?
– Non, ce n'est pas la peine.

J'embrasse ma mère. Les cernes sous ses yeux gris se sont encore creusés. J'embrasse ma mère. Le soir abrège les ombres sur le gravier blanc. Dora replie la table du jardin. J'embrasse ma mère. Elle entre dans le pavillon des camélias.

À travers le hublot, j'entrevois ma nouvelle vie entre les nuages. Sous le stylo, tout ce qui me vient, ce sont des points d'exclamation. En tête, je n'ai plus une mélodie, juste une traînée de poudre. Peut-être vais-je ouvrir une librairie ou une pizzeria. Donner à manger. Je peux aussi me laisser vivre en pyjama. Ou mourir. Mais, l'exil, c'est pour les vivants. Jusqu'ici je n'ai chanté que pour des fantômes. De Verdun, il reste quoi ? Hommes sages et vertueux, je ne vous aime plus.

Aucun pays n'est plus dangereux que le Mexique. Un groom de l'hôtel Hilton a vendu mon incognito au journal *Excelsior*. Un échotier me harcèle pour connaître les raisons de ma venue. Si j'avais eu le choix, je ne serais pas là. Dans les ruelles les plus crasseuses, au fond des impasses les plus noires, je passe sans avoir peur. Allez-y, sortez vos calibres, vos barres de fer, qu'il m'arrive n'importe quoi. Je ne crains plus personne. Je peux aller n'importe où, ma veste sur l'épaule. J'ai fait et j'ai fini ma vie. Je n'aime même pas le Mexique. Le Mexicano est vantard, chauvin, raciste. Mexico sent le rance, les égouts inondent sur la plus grosse fourmilière du monde. Ici, un métis a le droit d'exploiter un métis, s'il a la peau encore plus sombre. Mais plus elle est noire, plus elle est coriace. L'Indien se résigne à travailler beaucoup pour manger peu.

Après la mort du Che, résister et se résigner vont devenir le même verbe en Amérique latine. Et partout, ce sera pareil.

J'emmerde les escaliers de la justice, le procureur magistrat à moitié endormi à la fin de l'audience, ce monde à Paris qui a prétendu que je dois mon enfance à la République et que j'ai mal aimé ma mère. Vous ne m'aurez pas. Vous n'aurez pas mon fric. Je me promène à l'ombre des jacarandas, je m'offre un poncho vert : dix pesos. *Los niños* s'agrippent à moi pour me fourguer un paquet de Chiclès. Zona Rosa, toits de tôle, façades sang de bœuf, rose bonbon, caramel, ocre sale. Quelques maisons coloniales survivent au milieu des buildings. Les Mexicains n'ont plus le goût pour les belles choses. J'aimerais devenir chasseur d'images fortes. L'histoire ne s'écrit plus, on la photographie, sous l'œil inquisiteur des polices corrompues. Sur un trottoir défoncé, couché à même la poussière, une mère indienne jette ses oranges à la gueule d'un gringo américain qui tendait trois pesos à ses enfants.

Ce 24 juillet 1969, à 17h51, la capsule des astronautes tombe au milieu du Pacifique. La première expédition dans l'espace s'achève. À Mexico, depuis ma terrasse au dernier étage du Hilton, le couchant se vautre plus fauve encore que les autres soirs. Je ne vois qu'un ciel cendré, des nuages plombés par la pollution. Des néons s'allument. Le téléphone sonne. Mais ce n'est pas la peine. J'en ai marre, soudain. Mon Dieu que j'en ai marre. Je bouffe des gaufrettes aux colorants. 32e étage. En bas, l'esplanade est en marbre. On peut mourir au bout de quatre, cinq, huit secondes ? Voilà seulement un quart d'heure, le ciel était encore bleu vif comme la prunelle de ses yeux. Toi, qui tu es, qui, qui ? D'ici jusqu'à Garches, c'est le même ciel, la bande lumineuse de notre dernier lien. On peut partir encore plus loin que je ne suis allé. Plus loin. J'aime la vie, j'aime le vide. Mais j'ai peur que les gens ne me soient plus rien, rien, des confettis que les carrefours éparpillent. Des vélos et des régimes de bananes. Des enfants que je n'aurai jamais. J'ai même pas un chat, un chien. J'ai donné les deux canaris de maman à Lucienne Boyer. Penché à la rambarde de ma terrasse, je vais m'en aller, maintenant. J'attends qu'une main me pousse, comme pour monter en scène, et cette main c'est personne. Je regarde de toutes mes forces les nuages. Je suis le ciel. C'est ce que j'ai toujours voulu, non pas devenir quelqu'un de bien, mais quelque chose de beau. De gros oiseaux tournent en filets noirs aux sommets des immeubles. Des corneilles et des toucans. Maintenant. Trois minutes ont passé depuis les étangs, les Rondets, les peupliers, trois minutes, chaudes comme un baiser. Je n'ai jamais connu mon père et j'ai perdu deux fois ma mère. Le bleu vient sur moi, le bleu avale mes mains. Jette-toi. Dalida ouvre les paupières. C'est déjà la lune, à peine. Je suis là. La barre de fer contre mon ventre. Prêt à fendre l'air, comme à la vitre de la Mustang. Hé, les copains, on y va.

Jette-toi.

Maintenant.

Donne-toi.

Un toucan me frôle et vole mon gâteau sec.

Je recule.

Hervé Vilard
dans Le Livre de Poche

L'Âme seule n° 30877

« Ce que j'apprends de Daniel Cordier, c'est qu'un homme libre trouve naturel que tout le monde le soit. La preuve, il est venu me chercher. Jamais je ne retournerai à l'orphelinat... » Matricule 764, Citoyen, Bâtard, l'Âme seule, Petit Frère, tous ces noms ont été ceux d'Hervé Vilard, un enfant de l'Assistance publique. De placement en placement, il traverse trois France : celle des paysans, celle des prêtres et celle des Résistants. Sa place, bien sûr, il ne la trouve nulle part. Adolescent en cavale, il s'échappe du Berry pour débarquer dans le Pigalle des années 1960, passe des centres de redressement et du Dépôt à un appartement ultrachic, des bras de Fleur de Pâques aux déjeuners avec Malraux... Un jour, pourtant, il lui faudra surmonter cette vie d'arrachements. Se battre, chanter, avec la peur d'aimer...

Du même auteur :

L'ÂME SEULE, Fayard, 2006.

Achevé d'imprimer en octobre 2009, en France sur Presse Offset par
Maury-Imprimeur - 45330 Malesherbes
N° d'imprimeur : 148640
Dépôt légal 1re publication : novembre 2009
LIBRAIRIE GÉNÉRALE FRANÇAISE - 31, rue de Fleurus - 75278 Paris Cedex 06

31/2590/3